NF文庫
ノンフィクション

人道の将、樋口季一郎と木村昌福

アッツ島とキスカ島の戦い

将口泰浩

潮書房光人新社

序章　キスカ島とアッツ島。数奇な運命を辿る

キスカ、アッツ島攻略へ

昭和十七年六月七日、日本軍が初めて米国領に日の丸を掲げた。カムチャツカ半島からアラスカまで連なるアリューシャン列島ニア諸島のキスカ島である。カムチャツカ半島から東に千百キロの真夏でも氷点下に近い氷海に浮かぶ凍土の孤島だった。

米軍はアリューシャン列島に戦略的価値を見出していなかったが、日本軍はミッドウェー攻略作戦の陽動作戦として、計画を遂行した。

西部AL作戦と呼ばれ、島に飛行場を建設、米軍の拠点設営を封じることで北からの米軍侵攻を未然に防ぐ目的だった。特に創立当初から仮想敵国がロシアだった陸軍

において対ソ警戒から米国とソ連の連携を遮断する狙いが濃厚だった。

当初の作戦目標はキスカ島東方五千五百キロのアダック島施設の攻撃とキスカ、アッツ両島の占領だったが、ミッドウェー海戦に惨敗し、作戦を決行すべきか議論が分かれた。

ミッドウェー海域での米艦隊を牽制（けんせい）し、連合艦隊敗退という印象を国民に与えないために計画通りにすべしという決行派と、ミッドウェー攻略に失敗した後では戦略的効果が少ないという中止派が拮抗したが、結局、アダック島施設の攻撃は中止、キスカとアッツ攻略だけが実施されることになった。

最初で最後の米国領占領

海軍舞鶴第三特別陸戦隊を主力とする日本軍はキスカ島には海兵隊一個中隊が守りについていたと推測していたが、上陸した際には、米国の気象観測担当の隊員十人が観測作業をしていた。

翌八日には陸軍北海支隊がキスカ島から三百キロほどアラスカよりのアッツ島に上陸した。半日の無血上陸だった。

発見したのは米国人夫婦とアリュート人三十七人だけで、米軍の姿形もなく、「無敵の進撃」も「勇戦奮闘」もなかった。

キスカ島では海軍報道班が撮影した軍旗を掲げて、キスカ湾を見下ろす海軍兵士と米国人職員に尋問する写真が残っている。

アッツ島でも唯一の集落であるチチャゴフ集落の目抜き通りで、敬礼する兵士に囲まれ、日の丸が翻っている。その後、現在に至るまで、米国領が外国の軍隊に占領されたことはない。米軍としては屈辱的光景であることは間違いない。

帝国陸海軍部隊の奇襲占領により、北方に対日進攻基地ありと考えていた米国の野望も帝国のはかなき白昼夢と化してしまった。かくて我が軍は北方に新たな根拠地を確保し、全米全土に対し、攻撃態勢をとり、帝国の防衛水域もまた二千海里伸張するに至った。

濃霧と北太平洋の荒海を征服して無敵の進撃を続けた皇軍将兵の勇戦奮闘に、一億国民は、ただ感謝の熱誠を捧げ、ひたすら勇士の武運長久を祈るのであった。

朝日新聞の従軍記者が米国領戦争記事を配信した。決行派の意図通り、両島占領は国民に一定の勝利の至福感を与えることに成功した。

玉砕のアッツと撤退のキスカ

日本軍は米国領の二島を占領したことで、米国本土進撃の橋頭堡(きょうとうほ)を築いたかのような錯覚に陥った。

しかし、明治元年にロシア皇帝から、わずか七百二十万ドルでアラスカとのセット販売で譲り受けたアリューシャン列島にその価値はなかった。

米軍は開戦後にもかかわらず、何の配備もしておらず、現在もキスカ島は無人島である。

キスカ島とアッツ島。わずか三百キロしか離れていない両島は一年後、数奇な運命をたどる。

アッツ島では昭和十八年五月二十九日、上陸した米軍と壮絶な戦闘の末、守備隊二千五百人全員が玉砕。日本軍で最初に「玉砕」という言葉が使われた戦闘だった。

二ヵ月後の七月二十九日、キスカ島守備隊五千二百人全員が木村昌福(きむらまさとみ)率いる救援艦隊により、救出された。

米艦隊の包囲網をかいくぐり、一兵も残さず、日本領土に生還した。

八月十四日、米軍は三万五千人の大兵力が無人のキスカ島に上陸、同士討ちを演じ、死者九十五人、負傷者七十八人を出した。戦果は「捕虜、雑種犬三頭」だった。

玉砕のアッツと撤退のキスカ。

何が両島の運命を分けたのだろうか。そこにはあくまで人道を貫く陸軍の樋口季一郎中将、海軍の木村昌福中将という二人の指揮官の存在があった。

人道の将、樋口季一郎と木村昌福——目次

第5章　今度こそキスカ島へ

人道の将、樋口季一郎と木村昌福

——アッツ島とキスカ島の戦い

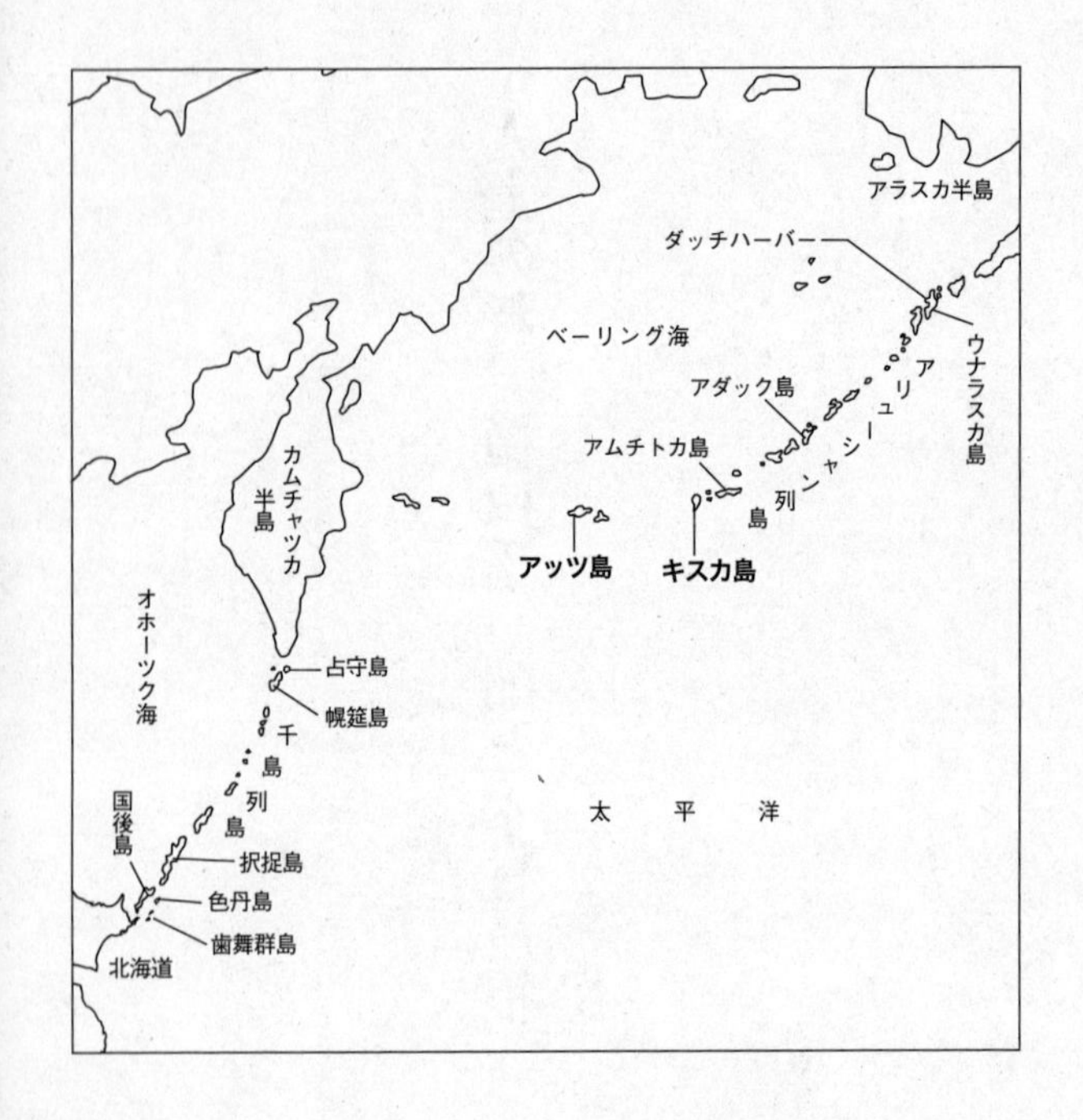
アラスカ半島
ダッチハーバー
ベーリング海
ウナラスカ島
アダック島
アリューシャン列島
アムチトカ島
カムチャッカ半島
アッツ島
キスカ島
オホーツク海
占守島
幌筵島
千島列島
太平洋
国後島
択捉島
色丹島
歯舞群島
北海道

第1章　樋口季一郎中将

長官の強い意向により開始した、ミッドウェー攻略作戦

ミッドウェー作戦の失敗

真珠湾攻撃から始まった日本軍の快進撃はフィリピン、ボルネオ、マレー、ビルマと次々と進攻、昭和十七年二月にシンガポールを占領した。

しかし、石油確保のために日本は南方の英米蘭の植民地を占領したにもかかわらず、信じられないことに後の作戦は考えていなかった。石油禁輸措置で窮鼠猫を噛むよう戦端を開き、その後のことは空白のまま突っ走ったことになる。

陸海軍ともにこれまで損害は少なく、石油資源の十分な量の確保が確実として、三月七日の連絡会議で「守勢ではなく、さらなる攻撃戦略体制にすべし」と決まった。

この決定に従い、海軍は米軍に反攻基地を作らせないために、オーストラリア占領を提案した。しかし、陸軍がオーストラリア占領に必要な十二個師団を割くことはできないとして海軍の主張を突っぱねた。このあたりから徐々に陸軍と海軍の間に齟齬が生まれてきた。

海軍は代案として、米国とオーストラリア間の海上、航空ルートを遮断するため、

フィジーとサモア占領を目指す「F・S作戦」を提案し、陸軍と協同で作戦立案が行なわれている最中に浮上したのが、連合艦隊が提案したミッドウェー攻略作戦だった。

当初、陸軍の参謀本部に相当する軍隊の作戦や用兵を指導する海軍の軍令部は攻略後の補給と敵の反撃に対する防衛に問題があるとして、反対の立場だった。

しかし、軍令部は連合艦隊の山本五十六（やまもといそろく）司令長官の強い意向と知らされ、強く反対していた真珠湾攻撃が成功したこともあり、認めざるを得なかった。海軍だけでも作戦を行なうと脅され、陸軍も渋々と部隊編制に取りかかった。

運命のミッドウェー作戦を後押しする事件が起きた。ドゥリットル空襲である。

日本は米軍が日本本土を空襲する場合、空母で本土から五百キロ近くまで接近し、早朝に攻撃機を発艦させるとみていた。このため、本土から千三百キロを敵の動きを監視する哨戒線として漁船を改造した監視船二十隻が双眼鏡で監視していた。

乗組員は少尉クラスの船長と通信兵数人で、装備は小銃数梃と通信機のみの丸腰で、敵発見はそのまま死を意味した。決死の監視である。

昭和十七年四月十八日未明、監視に当たっていた第二十三日東丸（にっとうまる）と長渡丸（ながわたりまる）が「敵発見」の急報を送ってきた。

米軍も本土から千三百キロも離れた海上で監視しているとは思わなかった。米軍はすぐさま日東丸を砲撃、乗組員全員が死亡した。長渡丸に対しても航空機が攻撃し、沈没させ、海上で漂流していた五人を捕虜とした。

米軍は計画変更を余儀なくされた。空母「ホーネット」は本土から千二百キロの地点まで接近し、午前八時、陸軍中佐ドゥリットル率いるB－25爆撃機十六機が東京や名古屋、神戸に向け発進。B－25はレーダーを避けるため低空を飛び続け、十三機が東京、二機が名古屋、一機が神戸を襲った。

「米軍を日本本土に近づけない」という思い

日本では低空を飛ぶB－25を見てもだれもが米軍機と思わないほど、完全に虚を突かれた。爆撃が始まってから初めて敵機来襲に気づき、空襲警報が鳴り響いた。しかし、そのときには敵機は北西に飛び去った後だった。

十六機のうち一機はソ連のウラジオストクに着陸、十五機は中国・麗水(れいすい)に不時着した。

飛行隊を指揮したドゥリットルは昭和四年に操縦席を目隠ししたまま離陸、旋回、着陸に成功した伝説のパイロットで、空襲の際も「ホーネット」には十六機が艦載されていたため、先頭のドゥリットル機の滑走距離は百四十メートルしかなかった。それでも発艦する腕を持っていた。ドゥリットルは初空襲成功で昇進、戦後はシェル石油副社長を務めた。

空襲の被害そのものは大したことなかったが、本土空襲特に東京が空襲された衝撃は大きかった。

「かねて東京ないし、本土空襲は断じてなさしむべからずという余の矜持をいたく害せられたること無念至極なり」

連合艦隊参謀長の宇垣纏はこの日の日記に書き記している。

米軍の航空部隊を本土に近づけないとの理由がミッドウェー攻略作戦実行の根拠となり、航空機による哨戒線を拡大させる目的で、アッツ島とキスカ島攻略も加わり、ミッドウェー作戦そのものが拡大してしまった。

五月二十七日、海軍機動部隊が広島湾を出港。二百六十機を搭載した空母など百五十隻の艦艇、参加兵士十万人。迎え撃つ米艦隊は空母三隻と、ミッドウェーを基地とする航空部隊。直接戦闘を交えた航空兵力は均勢、まさに海軍にとって雌雄を決する戦いと位置づけられていた。

日本艦隊の索敵が錯誤のため、米機動部隊の発見が遅れ、米爆撃機の攻撃で空母四隻が損傷、機動部隊の航空戦力は壊滅状態となり、空母「赤城」「蒼龍」「加賀」「飛龍」と巡洋艦「三隈」、駆逐艦「荒潮」「朝潮」、潜水艦伊一六四号などが沈没、将兵三千名以上が戦死、搭載機三百機すべてを失うという惨敗で、戦局は圧倒的に不利な立場に追い込まれた。

キスカ、アッツ島占領の真実

小野打数重電信兵

「ミッドウェーで日本艦隊が全滅に近い損害を受け、作戦は中止になるかもしれない」

ミッドウェー作戦が惨敗の報は、六月六日になり、東太平洋はるか北方の小野打数重の耳にも届いた。

陸奥湾の大湊を出港した輸送船「球磨川丸」は東に針路を取っていた。

「今回の作戦はアリューシャン列島のキスカ島、アッツ島を攻略することにある。海軍はキスカ島、陸軍はアッツ島を占領する。諸君の奮闘を望む」

その島がどこにあるのかさえ、だれも知らない。もちろん小野打も知らない。そんな孤島だった。

小野打の左腕にはモールス信号を送る電信機である「電鍵（でんけん）」のマークが付いていた。電信兵の証である。

小野打は大正九年四月二十日、京都市に生まれた。昭和十五年八月、徴兵検査第一乙種合格で海軍入隊。舞鶴海兵団を経て、翌昭和十六年三月十五日、海軍横須賀通信学校に入校した。

通信学校での教育はとにかく電信符号を覚えることだ。班長が教壇で電鍵を打つと、生徒のレシーバーの受話器に入る。「トツー」で「伊藤」、「トツートツー」で「路上歩行」、「ツートトト」で「ハーモニカ」。符号を聞くと瞬時に字が浮かぶようになるまで、寝て目をつむるまで、符号を覚える。

「できないと殴られるから必死。週間テストでも成績が悪いと個人的に絞られますし、とにかく『トンツートンツー』。民間で三年間で学ぶ内容を九ヵ月で終わらせるのですから、日常生活全部が『トンツートンツー』でしたね」

最初の三ヵ月は「符号を覚える」。一分間に六十字送受信できる」で、次の三ヵ月で「機械の操作と一分間八十字送受信できる」、最後の三ヵ月で「英文の送受信、暗記送受信、一分間で百字の送受信」が求められていた。

開戦を控えた速成教育のため、海軍なら必修のカッター操艇もほとんどなく、訓練で三十発くらいしか撃ったことがない兵士として、「電信機」だけを担いで前線に送り込まれた。

作戦継続に疑問を抱いて、キスカ島へ上陸

卒業後、昭和十七年五月二十五日、海軍舞鶴鎮守府の第三特別陸戦隊に所属となった。四日後には舞鶴を出港した。

「両親が見送りにきてくれましたが、行き先も知らされないままでした。ミッドウェーに行くという噂がありましたが、防寒服が積み込まれていましたんで、寒い所やないかと思っていました」

行き先は寒いどころか、一本の木も生えない極寒の地。当時の小野打が想像もできない悲惨きわまる孤島だった。

ミッドウェー作戦はミッドウェー基地を攻撃する二日前の六月三日、はるか北方のアリューシャン列島ウナラスカ島のダッチハーバー攻撃に端を発する。三日午前二時四十三分、第五艦隊の二隻の空母から爆撃機二十三機と零戦十二機が米軍基地を爆撃した。

小野打が乗り込んだ輸送船に無電室はあったが、小さいため、船員食堂に無電室を

開設し、小野打らは昼夜交代で当直に立っていた。

「常に無電を傍受しているので、ミッドウェーで機動部隊がひどいことになっているというのはすぐにわかりましたよ。だが、そんなことは口に出せるはずもなかった」

惨敗の報が第五艦隊にも届いた。アッツ島、キスカ島の攻略作戦はミッドウェー攻略の陽動作戦として考案された。ミッドウェー作戦の失敗が明白となったにもかかわらず、作戦を継続する意味があるのか。

六日の朝になり、連合艦隊から作戦実施の命令が届いた。

「明日、予定通りキスカ島敵前上陸を決行する。同時に陸軍部隊がアッツ島を攻略する」

命令に従うだけの小野打に何の感慨もなかった。「いよいよか」とだけ思った。

その日、キスカ島無線電信所が打電した。

――国籍不明の艦船が入港しつつある

七日の夜明け前、小野打ら電信兵を乗せた「大発」が上陸地点に到着。船首の板が倒れ、次々と兵士が上陸を始めた。

大発は大型発動機艇の略で兵士七十人を輸送でき、世界に先駆けて開発された上陸専門の小型艇。倒れた板が渡り板になるため、小野打も海水につかることなく、キスカ島の柔らかいツンドラを踏みしめた。

星条旗の代わりに軍艦旗を掲げる

――上陸成功と打電せよ

移動電信機を担いだ小野打は、そう命じられた。

白々と夜が明け始めたが、「敵はまだ気づいていない」。軍艦旗を持った兵士や副官の後に電信兵が続く。小野打の緊張はピークに達した。

キスカ湾正面から上陸した陸戦隊は真っ直ぐに米軍電信所を襲う。陸戦隊は機関銃で威嚇射撃をして電信所に近づいたが、もぬけの殻。気象通報を任務としていた米軍隊員は上陸を察知したと同時に電信所を放棄、洞窟に逃げ込んだ後だった。猟銃しか持っていない隊員は投降し、日本に護送されたが、敵はわずか十人だけ。小野打は後から知らされ、「なんや、戦闘もないはず」と拍子抜けした。

二日後の六月八日、陸軍の北海支隊がアッツ島に上陸。漁業に従事しているアリュート人三十七人と米政府に雇われ気象観測所とアリュート人向けの学校を運営していた米国人夫婦がチチャゴフ湾に住んでいた。この島も当然のように無血上陸だった。

小野打はキスカ島の米軍電信所で通信整備作業に入り、その日のうちに北千島の幌(ほろ)

アッツ島に上陸する日本軍将兵

筵島との通信が可能になった。

電信所では米軍が残したオイルストーブをそのまま使い、設営隊は周囲にツンドラをかぶせた半地下式の兵舎を次々と建てていった。

「いつまでここにというような気持ちはなかったですな。戦争ですからどこへ行っても戦場しかありません。生きて帰れるのかいなあ、くらいの気持ちはありましたけど」

電信所の星条旗が下ろされ、代わりに軍艦旗が掲げられた。現在に至るまで、最初で最後となる米国領を占領した長い長い一年が始まった。

駅名にもなったキスカ島

アッツ島占領もキスカ島占領もミッドウェー作戦に何の影響も与えず、米軍に対する牽制にもならなかった。

しかし大本営発表は違った。六月十一日の朝日新聞には「東太平洋の敵根拠地を強襲」「ミッドウェー沖に大海戦」「米空母二隻撃沈」と日本軍圧勝の見出しが躍っている。

「わが二空母、一巡艦に損害」と実際には空母四隻と全搭載機を失うという海軍始まって以来の惨敗にもかかわらず、軽微な被害と報じている。ミッドウェー海戦では負傷者は横須賀の病院に隔離、肉親との連絡も禁止され、情報漏れを防いだ。

半面、ミッドウェー海戦惨敗から国民の目をそらすように、「アリューシャン列島猛攻」「北方侵略線遂に崩る」と大激戦の末、米軍の戦略拠点を占領したかのように報道された。

さらに、北太平洋の地図を掲載、ダッチハーバーから米本土サンフランシスコまでの距離二千三十九海里で、ハワイからの二千百海里よりも近く、本土攻撃の拠点を確保と喧伝（けんでん）した。しかし、アッツ島とキスカ島の占領は米国領に日の丸を立てていると いう事実以外に戦略的価値もなかった。潜水艦で細々と補給をしているだけで、地上三十センチもふかふかのツンドラの地に容易に飛行場を建設できるはずもなかった。

両島を空襲していたウムナック島の米軍飛行場は米国陸軍工兵隊が米国の技術をかき集め建設した鉄板を敷いた三千メートル滑走路があったが、航空機が発着するたびに鉄板がトランポリンのように滑走路が飛び上がった。

「頭の空っぽな作戦家はアリューシャン列島を日本と米国間の進攻路とみるだろう。アラスカからカムチャツカ半島に伸びている島々は価値のある要域にみえるが、地図では困難な地勢や荒涼とした気候がわからないのだ。手に入れたところでまったく無意味なのだ」

米歴史家のゴードン・プランケは著書『ミッドウェーの奇跡』で、こう述べている。

しかし、戦局が悪化する一方の日本にとっては国民の戦意昂揚という価値があった。アッツ島を「熱田島（あつた）」、キスカ島を「鳴神島（なるかみ）」と名付け、米国領を占領しているという宣伝に利用した。現在の京浜急行久里浜線の新大津駅は昭和十七年十二月に開業した際、駅名が「鳴神駅」と付けられるほどだった。

入道を貫く、樋口季一郎中将

米軍による爆撃が始まる

アッツ島には陸軍第七師団の穂積松年少佐率いる北海支隊千四十三名、キスカ島には海軍特別陸戦隊六百名が守備につき、設営隊二千三百名が作業に当たっていた。ミッドウェー島攻略に失敗後、意味をなさないはずであるが、陸海軍とも「越冬可能なことが判明し、撤退を行なえば再占領は困難なるをもって両島を確保すべき」との理由で、冬季以降も占領続行となった。

しかし、初めて領土を奪われた米国にとっては、ただの孤島ではなかった。

――日本国民は日章旗が米領の島に翻っていることを知って満足した。そのうえ、両島の占領は米国におけるミッドウェー海戦勝利のニュースからその興味を減殺した(『モリソン戦史』)。

本腰を入れた米軍は二ヵ月後、キスカ島の東四百キロのアダック島に第四歩兵連隊四千五百名と航空技術大隊が上陸。最低四ヵ月かかると予測された飛行場建設をわずか十七日間で完成させ、B-17の離着陸が可能になる。その後、双胴の悪魔といわれた戦闘機P-38ライトニングや爆撃機B-24などが続々と配置についた。

重機をフル稼働させる米軍に対し、ツルハシとモッコの日本軍の作業は遅々として進まない。それ以上に朝夕二回、新聞配達のように行なわれる空爆に悩まされ、特にキスカ島には一日十四回延べ八十機以上の爆撃機が飛来した。

米軍が奪還しようとするのは米本土に近いキスカ島が先と予想し、九月十八日、アッツ島の部隊をキスカ島に転進させる。

しかし今度はアッツ島が無人では北方守備が心もとないとして、再占領を命じ、占守島を守備していた米川浩中佐率いる北千島要塞歩兵隊二千六百五十名が十月三十日に上陸という、ちぐはぐさを見せる。

秋田生まれの米川は秋田中学から仙台陸軍幼年学校、東京中央陸軍幼年学校、陸軍士官学校に進んだ。神経痛を患い小柄な体で、現地視察ではいつも杖を手放さず、酔えば豪放磊落、醒めれば温厚朴訥のまさに東北人らしい陸軍将校であった。

米軍に包囲され、補給路が断たれる可能性を見越し、占守島からアッツに渡る際、当番兵に野菜の種を持たせ、のちにアッツ島での自活自戦の道を開いた。

米軍に再使用されないよう、穂積部隊は兵舎を焼き払って離れたため、現地には何も残っていない。「だれがこんな島に熱田島とつけたのか」との愚痴が出るほど、夏でも気温零度以下の日がある極寒に耐え、一から飛行場と陣地の建設を始めることになった。

日本人として何ができるか

ハルビン特務機関長、陸軍の諜報戦略の中枢である参謀本部第二部長、金沢の第九師団長を務めていた樋口季一郎中将が八月十八日、北部軍司令官として札幌に赴任した。

明治二十一年、兵庫県淡路島で奥浜久八、まつの長男として生まれた。実家の廻船問屋が落ちぶれ、両親が離婚し母に連れられ家を出た。成績優秀だが、学費もままならないため、大阪陸軍地方幼年学校に入学する。東京の陸軍中央幼年学校を九番で卒業し、

樋口季一郎中将

陸軍士官学校に入学、十八歳で樋口家の養子となり樋口姓を名乗り、明治四十二年に二十一期歩兵三百三十五名中、十七番目で卒業する。

語学が優秀で特にドイツ語は抜群の成績だった。創設以来、ドイツ陸軍を手本としていた陸軍大学校ではドイツ語が必修であり、樋口は第二外国語にロシア語を割り当てられる。これが

樋口の軍人人生を大きく左右することになる。

陸軍の仮想敵国はロシアであり、陸大在学中にロシア革命が起き、第一次世界大戦で休戦協定が結ばれる。その後、ソ連に変わっても北から強い圧力をかけるロシアと軍人人生をかけ、渡り合うことになる。

陸大卒業後はポーランドの駐在武官を務め、情報将校として、インテリジェンスに携わる。ソ連とドイツに挟まれたポーランドで世界トップレベルの諜報戦略と暗号解読を学ぶ。この時、音楽やダンスにも興味を示し、日本人が尻込みする社交界にも頻繁に顔を出し、情報収集とともに華やかな人脈を広げた。

親しくなったソ連駐在武官の尽力で外国人として初めてコーカサスなどの視察旅行にも成功する。途中、グルジアの首都チフリス（現在のトビリシ）郊外の村で、痩せこけた髭の老人と出会う。老人は樋口が日本人だとわかると貧しい家に招き入れた。

「私たちユダヤ人は、世界で一番不幸な民族で、どこにいってもいじめられる。刃向かうことは許されず、神に祈るしかない」

と涙ながらに訴えた。

「祈れば必ずメシア（救世主）が助けてくれる。メシアは東方から来る。日本は東方の国、太陽が上る国。日本の天皇こそメシアだ。あなたがた日本人もメシアだ」

突然の出来事に戸惑う樋口に対し、さらにこう予言した。

「ユダヤ人が困窮している時、いつかどこかであなたたち日本人が助けてくれるに違いない」

深い皺に刻まれた流浪の民の悲哀。老人の皺を伝う涙を樋口は生涯忘れることができなかった。

この豊かな海外経験が、軍という巨大なる官僚組織で出世する軍人人生よりも、「日本人として何ができるか」「人間と生きるとはいかなることか」という人道を貫く道を歩ませることになる。

ユダヤ人擁護の演説を行なう

日中戦争が勃発した昭和十二年、樋口は陸軍きってのソ連通として、「関東軍の情報将校」というべきハルビン特務機関長に就任する。当時の関東軍司令官は植田謙吉大将、総参謀長は東條英機中将、参謀副長が今村均少将と後に歴史の舞台に名を連ねる男たちが上官だった。この地でユダヤ人難民救出事件いわゆる「オトポール事件」に立ち向かうことになる。杉原千畝の「命のビザ」の二年前のことである。

赴任した樋口が目にしたのは漢族、満州族、蒙古族、日本人、朝鮮族の五族協和とは名ばかりの独立国であり、日系官憲が幅を利かせ、利権に群がる日本人の姿だった。

日本人に対する民衆の不満が募っている空気を感じた樋口は「満州国は日本の属国ではない。満州と満州国人民の主権を尊重し、満人の庇護に極力努めよ」と指示を出す。さらに「悪徳日本人はびしびし摘発しろ」と命じた。

昭和十年、両親か祖父母のうち一人でもユダヤ教徒であれば、ユダヤ人とみなし公民権を剥奪される「ニュルンベルク法」をナチス・ドイツが制定後、ユダヤ人迫害政策が強まり、ユダヤ人の国外脱出が相次いだ。

昭和十二年十二月の吹雪の夜、樋口の元にユダヤ人のアブラハム・カウフマンが訪ねてくる。カウフマンは、病院を経営している内科医であり、ハルビンユダヤ人協会におけるユダヤ解放運動のリーダーとしても知られていた。カウフマンはナチス・ドイツのユダヤ人迫害の非道を訴える大会開催の許可がほしいとのことだった。

二年前に防共協定を締結しているドイツの国策と相反する行為と開催を反対する声もあったが、西欧社会のユダヤ人の境遇に精通している樋口は許可を与えた。

昭和十三年一月十五日、ハルビン商工クラブホールで「第一回極東ユダヤ人大会」が開かれる。日本や上海、香港などから集まってきたユダヤ人千人以上で会場は埋め尽くされ、来賓の樋口が締めくくりの演説を行なった。

「ユダヤ人は世界何れの場所においても祖国なる土を持たない。いかに無能な少数民族も民族たる限り何ほどかの土を持っている。二十世紀の今日、世界の一隅においてポログム（虐殺）が行なわれ、ユダヤ人に対する追及や追放を見つつあることは人道主義の名において、また人類の一人として私は衷心悲しむものである。ある国は、好ましからざる分子として、法律上同胞であるべき人々を追放するという。何処へ追放せんとするか。個人として心からこのような行為を憎む。ユダヤ追放の前に彼らに土地すなわち祖国を与えよ」

ユダヤ人には極東の友がいる。日本人はメシアだ。会場は割れんばかりの拍手と歓声に包まれる。ナチス・ドイツのユダヤ人迫害に対抗するという大会テーマに合わせ作成した演説文というよりは、樋口自身の心の奥底からの訴えであった。

ユダヤ人を救済

オトポール事件

日本国内で一行も報じられなかったが、国策と一致しないユダヤ人擁護演説の反響は大きく、翌年、ドイツから名指しで抗議され、陸軍内部でも批判の声が上がる。

「日独伊の友好関係に水をさすような内容であるが、波及する結果を承知していたのか」

新聞記者の問い詰める質問に対し、涼やかな笑顔で返す。

「日独はコミンテルン（共産主義政党による国際組織）との戦いであり、ユダヤ人問題とは切りはなして考えるべきである。祖国のないユダヤ民族に同情的なのは日本人古来の精神であり、昔から義をもって弱きを助ける気質を持っている。ドイツは血の純血運動ということを叫んでいる。だからといって、ユダヤ人を憎み、迫害することを容認することはできない。先進国がユダヤ民族の幸福を真剣に考えない限り、問題は解決しない」

あまりの正論に記者は黙り込み、陸軍内部でもいつしか処分を求める動きが収束していった。

ところが二ヵ月後の三月十日、カウフマンが樋口の元に駆け込んでくる。「ソ連と満州国境でユダヤ人多数が飢餓と凍死の危機に瀕しているのでどうにか助けてほしい」という要請だった。

ナチス迫害から逃れてきた多くのユダヤ人がポーランドからソ連を経て満州を目指

したが、ドイツとの関係を慮った満州が入国を拒否、マイナス二十度のソ満国境のシベリア鉄道オトポール駅（現ザバイカリスク駅）で立往生していた。
彼らは満州を通過し、当時唯一ビザなしで受け入れていた上海から最終的に米国に渡るつもりだった。

満州国外交部は、ドイツとの関係を盾に承諾せず、そもそも関東軍が口出しすべき問題ではない。ユダヤ人はシベリアの原野にテントを張り、極寒と飢餓に耐えていたが、凍死者も出始め、一刻の猶予もない状況であった。脳裏に浮かんだのは「いつかどこかで日本人が助けてくれる」と語った老人の涙だった。

東條の許可も得ず独断で、すぐさま満州国外交部に出向き、外交官の下村信貞と協議、「人道上の問題」として五日間だけのビザ発給を指示し、難民受け入れ先機関や食料、衣類を手配する。

今度はその足で松岡洋右満鉄総裁に掛け合い、オトポールからハルビンまで護送列車の運行を要請。松岡は即座に快諾する。

二日後の三月十二日、医師や看護婦を準備してカウフマンら極東ユダヤ人協会が待つハルビン駅に難民を乗せた救援列車が到着。駅構内はどよめきが起き、担架を持った救護班が列車内に駆け込む。

病人が次々と運び出され、歩ける者はホームに降り立ち、だれかれとも互いに抱き合い、泣き崩れる。収容先の学校や商工クラブでは炊き出しが待っており、温かい食べ物が難民の身も心も温める。素早い樋口の決断が被害を凍死者十数人に留めた。

ドイツの抗議を一蹴。「人道上の問題」として判断

しかし、難民救出の報告を受けたドイツは激怒、リッベントロップ外相がオットー駐日大使を通じ、外務省に抗議書を送り正式に抗議。抗議書は陸軍省に回され、関東軍司令部に届けられる。樋口の独断に対し、外務省や陸軍省内部では独断を問題視する声が相次いでいたが、正式の抗議を受け、関東軍でも処分やむなしの空気が漂う情勢となった。

これに対し樋口は関東軍司令官の植田に反論と自らの思いを込めた手紙を送り、新京の関東軍司令部に呼び出された樋口は東條と面会する。

席上、樋口は「日本はドイツの属国ではない、満州国も日本の属国ではない。日本も満州もドイツの非人道的国策に屈すべきではない」と正当性を主張し、さらに言葉を続ける。

「東條参謀長、ヒトラーのお先棒を担いで、弱い者いじめをすることを正しいとお思

いになりますか」

東條は冷徹な能吏（のうり）でカミソリ東條といわれる一方で、筋の通る話に理解を示す男でもあった。問いただす樋口を不問に付し、その後、ドイツからの再三の抗議に対し「人道上の配慮によって行なったもの」と一蹴した。東條の決断により、オトポール事件は一気に鎮静化する。

この時の状況を戦後、「アッツキスカ軍司令官の回想録」で述べている。

——約二万人が、例の満州里駅西方のオトポールに詰めかけ入満を希望したのである。それは、民族移動であり流民である。旧約聖書に見るエジプトからのユダヤ民族東漸の昭和版であった。

満州国はピタッと門戸を閉鎖した。ユダヤ人たちは、わずかばかりの荷物と小額の旅費を持って野営的生活をしながらオトポール駅に屯（たむ）ろしている。

もし満州国が入国を拒否する場合、彼らの進退は極めて重大と見るべきである。ポーランドも、ロシアも彼らの通過を許している。

然るに「五族協和」をモットーとする「万民安居楽業（ばんみんあんきょらくぎょう）」を呼号する満州国の態度は不可思議千万であった。これは日本の圧迫によるか、ドイツの要求に基づくか、はたまたそれは満州国独自の見解でもあるのか。

私は某日、満州国外交部ハルビン代表部主任某君の来訪を求め、この問題に関して種々協議したのであったが、結局これは人道上の問題であることに意見一致を見たのであった。

その後、外交部の決定としてともかくも満州里駅通過、潮のごとくユダヤ流民がハルビンに流れ込んで来たのであった。

樋口季一郎、北部軍司令官に

昭和十七年八月一日、札幌の北部軍司令官に赴任した樋口季一郎はアッツ島玉砕・キスカ島撤退と終戦後の占守島の戦いという歴史的局面に立ち向かうことになる。

一ヵ月後に北千島の陸軍歩兵大隊が再びアッツ島に移ったが、アッツ島もキスカ島も占領直後から米軍の空爆が一日二回あり、合間を縫って飛行場建設が続けられた。潜水艦による補給も途絶え、兵士は栄養失調で土気色に変わり、髪は産毛のように薄くなった。

洗うこともないキスカ島の小野打の軍服も鉄板のように堅くなった。

海岸の方からシュルシュルという音がしたと思ったら、聞いたことがないような爆撃音とともに作裂した。艦砲射撃だった。

「南無阿弥陀仏（なむあみだぶつ）、南無阿弥陀仏」

頭を抱えて、ただ念じるしかなかった。

「毎日、毎日、空襲ですから、もうどうせ死ぬんやな。もうどうでもええわという気持ちでしたわ」

春になり、鮭が川を遡ってくるのだけが楽しみだった。

第2章　アッツ島の玉砕

近代戦に参加する資格

山崎保代大佐、アッツ島に着任

昭和十八年四月十八日。アッツ島に潜水艦で陸軍北海守備隊を統括指揮する山崎保代大佐が着任する。樋口は大本営に対し、アッツ、キスカの早期撤退を具申していたが、両島の増強を指示し、そのための守備隊長が任命されたのだった。この時になっても、米軍の次なる動きについて、海軍はキスカ攻略、陸軍はアッツ攻略と読んでいた。

送り出しに際し、樋口は山崎に力強く約束する。

「アッツ島に事あらば、万策を尽くして兵員兵備の増強増援を行なってみせる。私を信じて戦ってほしい」

樋口は山崎に約束する。心がこもる言葉を受け、「無論です」とにっこりと笑い、樋口に全幅の信頼を寄せ、伊三一潜水艦に乗り込んだ。

山梨県南都留郡禾生村の保寿院の次男として生まれ、僧侶の道に進まず、陸軍士官学校（二十五期）に進学する。大正二年五月に卒業、陸軍歩兵少尉に任官。大正七年

山崎保代大佐

から大正九年までシベリア出兵。その後、中隊長や大隊長を経て連隊長を拝命。しかし着任前はすでに五十四歳と高齢で、群馬県立沼田中学校と利根農学校の軍事教官を務め、第一線から退いていた。

前年十月三十日にアッツ島に上陸し、飢餓と極寒に耐え、空襲の合間に手作業で飛行場建設を行なっていた米川浩中佐率いる歩兵隊二千六百五十名にとって、待ちかねていたのは食料と増援部隊だ。にもかかわらず、単身赴任のように到着したのは位が一つ上の老将だった。米川中佐の心中は複雑であり、陸軍上層部の指揮系統はちぐはぐなままであった。この時、樋口の肩書は北部軍司令官から北方軍司令官と改称されている。

山崎は赴任する前、故郷の保寿院に立ち寄り、知人に手紙を渡した。

――部隊の長として、遠く不毛の地に入り骨を北海の戦野に埋む　真の本懐に存じ候　況んや護国の神霊として、悠久の大義に生く決なる哉。

五十四歳にして、戦地で死ぬ覚悟をしたためた遺書である。山崎は死ぬつもりだった。

米軍による暗号解読

「兵器でも人員でも必要なものは陸軍としてなんでもかなえてやるから半年で所期の目的を遂行せよ」

東條英機首相兼陸相の強い要望で飛行場建設を進めていた米川部隊が山崎着任で山崎部隊となった。

山崎も防御陣地構築よりも飛行場建設を優先し、守備隊二千六百五十名を指揮する。しかし山崎着任後、まったく補給路が断たれ、ひとつの飯盒を五人で分け、湯の中に米粒が浮いているような食生活となり、栄養失調者が続出する。

補給路を断たれたことによる栄養失調に加え、毎日、濃い霧が視界を遮る閉塞感が精神に圧迫を与え、顔が土気色に変わり、目の焦点が合わない将兵が増加してきた。明日もわからない絶望の日々と絶え間ない空襲が続き、米軍上陸前に絶海の孤島は自壊しそうになっていた。

山崎がアッツ島に到着した同じ四月十八日の午前七時三十三分。南太平洋のブーゲンビル島上空で、米軍機ロッキードP－38ライトニングが一式陸攻二機を撃墜した。一番機には連合艦隊司令長官の山本五十六大将が乗っていた。

山本の遺体は山中で発見された。発表では「顔面貫通機銃創、背部盲管機銃創を被り即死」となっているが、同行者の遺体よりもきれいだったという証言もある。

ラバウルに滞在していた山本は前線基地の士気高揚のため、視察を決め、日時や護衛機などの詳細を暗号で前線基地に発信していた。その暗号はすべて米軍に解読されていた。

暗号では山本機は午前八時にブーゲンビル島の南のバラレに到着予定で、米軍はそれよりも早い午前七時四十五分着とみて、七時三十五分に撃墜することを決定した。これほどまでに精密に解読されていた。

米軍は事前にハワイ戦闘情報班から太平洋艦隊司令長官のニミッツに情報が伝えられた。その時、ニミッツが「山本を撃墜して彼以上の指揮官が出る恐れはないのか」と質問すると、情報参謀が「他に変わる人物はいません」と答えた。四月十五日にはルーズベルト大統領の承認まで取っている。日本軍の情報は丸裸同然だった。

米軍に勝てなかった三つの要因

暗号解読は第十四海軍区戦闘情報班が中心になって行ない、ミッドウェー海戦の大惨敗も情報が筒抜けだったことが第一の敗因だった。

日本は攻撃地点のミッドウェーを「ＡＦ」という暗号で表わしていたが、米軍が平文（暗号をかけない普通の文）で「ミッドウェーの蒸留装置が故障」という電報を打つと、日本軍は「ＡＦは水不足」という連絡を取り始めた。結果的に日本軍は米軍に迎え撃たれ、戦局が大きく変わる敗戦を喫した。日本軍の位置は時間で五分、距離で五海里の誤差しかない正確な情報だった。

このときでさえ、日本軍は七割の暗号を解析されていたといわれ、戦局が悪化するにつれ、暗号化する意味もないほど正確に解読されていった。

「戦後になって初めてそんな話を聞いたが、暗号がすべて解析されているなんて、全然、信じられない思いでしたな」

小野打は自分たちが必死になって打った暗号文が平文と同様だったことに驚いた。

暗号解析を始めとする情報戦。弾薬どころか食料も届かない補給。ツンドラと堅い岩盤だけのアッツ島やキスカ島の飛行場建設でさえ、人力でなんとかなると考えていた設営。この三つを軽視していた日本軍が米軍に勝つことができなかったのは当然で、日本軍は近代戦に参加する資格がなかったともいえる。

米軍によるアッツ島奪還

アッツ島とキスカ島、どちらが先か？

アッツ島の動静に一番敏感だったのがキスカ島の守備隊だった。アッツ島とキスカ島の距離はわずか三百キロ。日本軍と米軍の無線を傍受していた小野打は隣の島ながら、動きが手に取るようにわかった。それでも、米軍は最初にキスカに上陸してくると信じ込んでいた。

しかし、アッツの山崎は米軍アッツ上陸を予測し、海岸陣地に警戒網を敷いていた。米川部隊の昼夜兼行の突貫工事で、飛行場建設はほぼ終了し、長さ千メートル、幅六十メートルの滑走路が完成し、敵の爆撃から航空機を守る格納庫の掩体壕工事に着手していた。

着々と進む飛行場建設を目のあたりにした米軍もアッツ攻略作戦決行を急ぎ、二月にフランシス・W・ロックウェル海軍中将を指揮官に任命し、アッツ島の暗号Jack Boots（長靴）を攻略作戦暗号Land Crab（陸ガニ）と決定した。

山崎着任後一ヵ月も経たない昭和十八年五月五日、フランシス・W・ロックウェル海軍少将が率いる戦艦三隻、重巡洋艦三隻、軽巡洋艦三隻、護衛空母一隻、駆逐艦十九隻、母艦、給油艦、掃海艇などからなる第五十一任務部隊がアラスカのコールド湾を出港。上陸完了まではロックウェル少将が指揮し、上陸作戦は勇猛果断で風貌からブルドッグの異名を持つトーマス・C・キンケイド海軍少将が最高指揮官となる。

輸送艦にはアルバート・E・ブラウン陸軍少将が指揮する陸軍第七師団一万一千名が乗船。カリフォルニア州モンテレーに駐屯する山岳訓練を受けた精鋭部隊だった。

米軍はアラスカに近いキスカ島から攻略する予定だったが、飛行場建設が遅れ、海岸砲台も設置されていないアッツ島の方が上陸するのが容易と判断し、アッツ攻略後に孤立したキスカ島をじっくりと攻め落とす作戦に変更した。

当初、日本軍も米本土に近いキスカ島を最初に攻撃してくると考えられていたが、四月末から偵察の潜水艦や巡洋艦などが頻繁に姿を現わし、「アッツ島が先」との認識に変わった。

だが、制海権、制空権ともに米軍に握られた現状では山崎の再三の補給要請も無視された。タコツボといわれた塹壕（ざんごう）掘りに徹するしかなかった。

米軍はアッツ島攻撃に先立ち、アダック島に三千人収容できる捕虜収容所を建設し、アッツ島は三日で終了するとしていた。

米軍、遂にアッツ島の攻撃を開始

その日はいつよりも増し、早朝から激しい空襲と艦砲射撃が行なわれた。昭和十八年五月十二日午前十時。アッツ島運命の日である。

「当直下士官　サキ受信」

キスカ島の電信室に大声が響いた。みんなが一斉にアッツ島の海軍派遣通信隊と交信していた電信兵を振り返るほどの声だった。「サキ」は「作戦緊急電報」の略でどんな電報よりも最優先する。当直下士官は渡された受信紙を持って、隣の暗号室に駆け込んだ。

――一〇一〇　敵有力部隊熱田島に上陸中なり

敵上陸大発十五隻

――一三〇七　敵船艇三十七、西浦二十九

――一三〇五　有力なる部隊続々上陸中

次々と平文で入電した。暗号に翻訳している暇はない。次々と幌筵通信隊経由で占守島の第五艦隊に通報する。遂に米軍が上陸を始めた。入電するごとに電信室の緊張の度合いは高まる。

米軍は空母一隻、戦艦三隻、巡洋艦六隻などが援護し、一万一千人の陸軍部隊で米国領土奪還作戦を開始した。

主力に先立ち五月十一日午前三時九分、米海軍最大二千七百トン級潜水艦ノーチラス号とナーホエール号に搭乗したウィロビー大尉率いる第七偵察中隊と第七捜索中隊二百名が北海湾北西の紅海岸に上陸、続いて輸送駆逐艦ケーンで陸軍兵四百名も上陸していた。

ウィロビー支隊は奥地山地を踏破し、日本軍最前線の八キロ付近まで進出し、野営を行なっていた。

日本軍砲兵陣地を奇襲攻撃し、主力部隊の上陸支援が任務だが、主力上陸開始後も日本軍はウィロビー支隊の存在に気付いていなかった。

間断なく空襲は続き、爆弾とともに降伏を勧めるビラの伝単（でんたん）も投下した。桐の葉型に切った茶色の紙には「桐一葉　落ちて天下の秋を知る」という洒落たものであった。

待ち構える日本軍は陸軍歩兵一大隊半、山砲一中隊、高射砲十二門、工兵一小隊の合わせて二千五百四十七名、連絡のため派遣されていた第五艦隊参謀の江本弘（えもとひろし）中佐の指揮の海軍九十名の計二千六百三十八名が守りについていた。

仲間との最後の別れ

海軍九十名にはつい一ヵ月前まで、小野打とともにキスカで守備についていた派遣通信隊十人も含まれている。

小野打は当初、この十人に入っていたが、直前に米軍暗号解析をしていた士官の助言で、別の電信兵がアッツ島に向け、アッツ島に赴任することになった。

四月十五日夜、アッツ島に向け、潜水艦でキスカ島を出港する日の夕食。当番を除く非番の電信兵の歓送会が開かれた。

だれからともなく、戦場となるのはアッツ島かキスカ島という話題になった。

「アッツの方が日本に近い分、心強い。飛行場もキスカよりも早く完成したから、おれはのんびりと酒の肴に鮭でも採っているよ」

アッツに向かう下士官が笑った。

その話を聞きながら、同年兵だった電信兵が「どこに行ってもおれたちが一番使われる兵隊だ。まあ、当分、内地に帰れそうにないな」と小野打に言った言葉が耳に残っている。

夜明け近くに潜水艦入港の連絡があり、白夜のなかボートに乗って沖合の潜水艦に行く仲間が見えなくなるまで、帽を振った。

これが最期の別れだった。

電信兵の戦い

「おまえは傍受班に入れ」

キスカ島の電信室では日本軍の電信を受信する班と、米軍の電信を傍受する班に分かれた。小野打がダイヤルをゆっくりと回すと一際感度が高い電信がレシーバーから飛び込んでくる。アッツ島からの米軍の使用電波だ。入電した電信を片っ端から受信紙に書き込む。それをすぐに隣室の暗号室で解読をする。

大学を出た予備士官が暗号解析の専門教育を受けてキスカに配属されていた。ダッチハーバーからの放送や米艦隊の電信、航空機と航空基地との通信を傍受し、暗号や発信者、着信者などを解析して、米軍の動きを推定し、第五艦隊に情報提供していた。

日本軍からの電信も米軍の電信も止む気配はない。あちこちで電鍵がカタカタと音をたてる。アッツ島の日米軍だけでなく、キスカ島の小野打らも参戦、「トンツートンツー」の電信兵の戦いが始まった。電信室もまた戦場だった。

海軍の通信で米軍上陸を察知したキスカ島の陸軍北海守備隊司令官の峯木十一郎は山崎宛に命令電報を送る。

――全力を揮って敵を撃摧すべし

隊長以下の健闘を切に祈念す　海軍に対しては直ちに出動敵艦船を撃滅する如く要求中

峯木が要請するも、元々、アッツ島守備に懐疑的であった海軍は重い腰を上げることはなかった。

ミッドウェー海戦で大敗し、自信を喪失している上、四月十八日に山本五十六大将が戦死、後の古賀峯一大将がトラック島に停泊している旗艦「武蔵」に着任したばかりで態勢も整っていなかった。

ミッドウェー海戦で生き残った「隼鷹」「飛鷹」はトラック島に停泊しているなど動ける艦船が圧倒的に足りない状態だった。

軽巡洋艦「木曾」や駆逐艦「白雲」「若葉」が護衛する特設水上機母艦「君川丸」がアッツ島へ向かっていたが、米軍上陸の報告で慌てて引き返す有様だった。

連合艦隊先任参謀の黒島亀人（くろしまかめと）大佐が戦後、当時の状況を回想している。

――連合艦隊司令部は一致して北方における積極作戦に反対であった。それは北方は地勢的、気象的に不利であり、当時は燃料が逼迫し軍令部からも注意があったなどのためである。

アッツ島放棄へ

日米両軍、激戦を戦う

初日の地上戦は散発的であったが、二日目の五月十三日に北海湾から上陸し米軍北部上陸部隊が芝台の日本軍陣地を攻撃。周囲は一望できる高台にある芝台が陥落すれば、本部など日本軍の陣地が丸見えとなる。

激しい銃撃で反撃するも、たこつぼと塹壕の陣地に野砲と艦船からの砲撃と航空機の爆撃で、百名以上の戦死者を出し、退却を余儀なくされる。西浦の南にある舌形台まで退却し、高台を巡り激戦を戦うも十五日午前七時三十分から戦艦「ペンシルバニア」「ネバダ」「アイダホ」が十四インチ砲を約二時間にわたり、日本軍陣地に撃ち込んだ。

――激励感謝す。我が守備隊は敵の有力部隊と勇戦奮闘中にして、士気益々旺盛なり

山崎はキスカ島の峯木の激励文に対し、返信。さらに歩兵一大隊半の増援や機関銃、弾薬、手榴弾、食糧十日分、木炭などを緊急要請する。

これに対し、キスカ島経由での電文を次々に受けていた札幌の樋口も返信する。

――貴部隊の勇戦奮闘に敬意を表す。軍は新に同方面に有力なる部隊を以て上陸せる敵を撃滅すべく着々準備を進めつつあり。本企図の遂行の如何は懸りて貴隊の要地確保に在り。此の上共切に善戦を祈る

樋口は戦後、こう記している。

――第七師団（旭川駐屯）において、急遽混成旅団を編成し、手許にある船舶をも

って逆上陸部隊を編成し、海軍の協力を得て反抗せんと考え、所定の命令処置をなし、虎山に立て籠もり時をかせがんことを要求し、また指導した。そして少なくとも一週間の持久戦を必要と告げたのであった。

アッツ島まで百七十キロの地点で引き返す

樋口が増援を確約し、期限が定められたことで、アッツ守備隊の士気が再び高まる。増援部隊のアッツ島到着まで一週間。それまで持ちこたえれば戦局は逆転する。山崎は四、五日間、敵の猛攻をしのげば何とかなると考えていた。

事実、五月十六日、第五艦隊の重巡洋艦「摩耶（まや）」を旗艦とする巡洋艦三隻、特設水上機母艦「君川丸」、駆逐艦と増援兵、武器、弾薬、食糧を満載した艦船群がアッツ島に向け、航行中だった。

しかし、アッツ島の第五艦隊司令部付参謀の江本弘大尉が「アッツ島沖に戦艦や空母、巡洋艦を含む約四十隻が洋上に居座っている」と打電。

この報告に第五艦隊司令長官の河瀬四郎（かわせしろう）中将は戦力差とミッドウェー海戦以後、これ以上の艦船の損失は戦争継続を困難にすると判断し、アッツ島西方わずか百七十キロの海域から引き返させる。

海軍の燃料貯蔵量は三十万トン。一ヵ月半分しかなく、アッツ奪還作戦を決行すれば、第三艦隊の動きが取れない状態に陥るというのが最大の理由でもあった。

それでも幌筵や北海道に重巡「摩耶」などの艦艇と陸軍増援部隊五千七百名が集結し、出撃を待っていた。

アッツ島守備隊を指揮する山崎は島に散らばっている守備隊に伝令を送り、「指示を仰ぐの余裕なきを以て指揮官の意図を明察し、独断積極的に任務を遂行すべし」と伝えた。さらに、敵弾薬庫などを夜間に襲撃し、進撃を食い止めるように指示した。

アッツ島から悲鳴のような電令が次々が発信された。

——米軍旭湾中浜に水上基地を設置せる模様発着頻繁
——北海湾芝台陣地、我が方の損害大きく、陣地を放棄し後退

キスカ島では、その一つ一つを聞き漏らさないように電信兵が三時間交替でレシーバーにかじりついていた。

米軍の電信を傍受していた小野打は米軍の変化に気づいた。

「米軍の電信が途中から、暗号をかけない平文に変わった。米軍も余裕がなくなった

んだなと感じましたが、それ以上に日本はもうダメだと思いましたね」

三日で終了するはずだった米軍も時間的余裕もなくなり、戦陣訓にある「生きて虜囚の辱めを受けず」が染みこんだ日本軍の度重なる攻撃に心理的な圧迫さえ感じるようになっていた。

アッツ島の放棄を決定

キスカ島では非番のとき、小野打らは救援部隊がアッツ島にいくかどうかを話し合っていた。結論は「行けない」だった。潜水艦で細々と行き来している現状では、艦船が行けるはずがないということにいつも話が落ち着いた、だが、キスカ島もアッツ島と変わりがないことを思い出し、最後には暗澹たる思いになった。

――銃爆撃により西浦地区はほとんど全滅せり

――地区隊は現陣地を死守任務を完遂せんとす

――陸海秘密図書、暗号書を除く以外全部焼却せり

アッツ島に向かう歓送会の席で同年兵が言った言葉がようやく理解できた。

「まあ、当分は日本に帰れそうにないが、お互いに元気でやろう。アッツに着いても便りができないが、おれの打つ電信で元気でいると思ってくれ」

同じトーツーでも、それぞれが打つ音色に個性があり、ああこれはあいつだとわかる。まだ同年兵は大丈夫だった。だが、十八日になると、洞窟に設置していた電信室を放棄した。

——派遣通信隊を含め、海軍部隊は陸軍と合流し、最後の拠点に向かう

移動電信機のため、電波の出力が弱まっているが、どうにか受信できる。

十八日、参謀本部第二課長の真田穣一郎（さなだじょういちろう）大佐が驚くべき陸軍研究結果を軍令部に提示した。

研究結果によると、アッツ島奪回は困難であり、アッツ島確保自体も絶対のものではなく、これ以上消耗戦を繰り返すことは対ソ連に対し悪影響を及ぼすとして、増援兵力を出さない「アッツ島救援断念」という結論を導き出していた。陸軍の方針に対し、従来から積極的でない海軍は陸軍への思慮から態度不鮮明であるが、了承し、大本営の「アッツ島放棄」が決定する。

参謀次長の秦彦三郎中将の回想によると、「陸海軍共反撃作戦も考えたが、若松只一第三部長から船を潰すから成り立たぬという意見があり、更に海軍も尻込みしたので、反撃中止となった」と述べている。

連合艦隊参謀長の宇垣纏中将の手記「戦藻録」五月十九日付に記述がある。

――陸軍増派は之を行われず現守備隊の戦力補給を行い死守せしむることに内定せられたりとの方針の大変更を打電し来れり、正面衝突となるやと思いしも中央の覚醒により、連合艦隊の意見に合致するに至りしは結構なり。

ミッドウェー攻略作戦の陽動作戦として始まったアッツ島とキスカ島攻略は海軍にとって、ミッドウェー攻略が成らなかったばかりか、多くの将兵、艦船、艦上機を失う大敗を喫し、アッツ島、キスカ島とも無意味のものとなり、終始、消極的だった。

それでも陸軍が増援するとなれば燃料が逼迫していても艦船を出撃させる必要に迫られ、立場上明確にできないまでも「アッツ島増援拒否」であった。

しかしながら、アッツ島守備隊が山崎保代大佐以下二千六百五十名の大半が陸軍将兵と工兵であり、海軍はわずか百名足らずだった。逆にキスカ島守備隊の半分が海軍将兵と工兵である。

陸軍のアッツ島であるから、海軍が増援を渋ったというのは穿ちすぎだろうか。

年功序列という日本の弱点

アッツ島放棄の大本営決定も知らず、山崎部隊はたこつぼに籠り、絶え間ない砲撃と艦上機からの爆撃に南部戦線から撤退しながらも、増援部隊と武器弾薬食糧の補給を待っている。

猛攻をかける米軍側の損傷も次第に大きくなる。潜水艦などで雪の山間部を踏破し奇襲攻撃を仕掛けたウィロビー支隊は全員が凍傷にかかり、歩ける者は三百二十名中四十名となり、両足を直ちに切断する必要がある重傷者も二十名以上と戦力は大きく後退していた。

日本軍の激しい抵抗は米軍の予測を大きく超えたものだった。十二日の上陸から四十八時間で米軍は四千ヤード（約三・六キロ）しか進んでいない。

守備隊の五倍の兵力を保持しながら、あまりにも激しい反撃を受けた米第七師団長ウォルター・ブラウン少将が「アラスカの第四連隊を送ってくれ」と増援部隊派遣を要請する。

それに対し、「敵は無勢、味方は多勢なのに援軍を頼むとは何事か」とキンケイドは怒り、十六日深夜にブラウンを解任、同じく少将のランドウムを地上部隊指揮官に任命した。傍受でこの解任を知った小野打は敵ながら感心した。

「アメリカは何事も早いな。上陸して五日で指揮官が交代するなんて、日本じゃ考えられません。ああ、違うと思いました」

日本軍の弱点に人事の硬直があった。前述した通り、海軍兵学校と陸軍士官学校のつながりが軍人事のすべてであり、同じ釜の飯を食った「仲間」を更迭するのはどの上司にもためらいがあった。

三千名以上に上る死者を出したミッドウェー海戦大敗の際、機動部隊指揮官だった南雲忠一(なぐもちゅういち)中将は自決を覚悟していた。しかし、参謀長の草鹿龍之介(くさかりゅうのすけ)少将に止められ、草鹿は連合艦隊旗艦の「大和」に出向き、長官である山本五十六に「この仇を取らせてほしい」と直訴し、山本が了承した。

日本軍は年功序列の殻を破ることができなかった。それは役所、企業、学校などあらゆる組織で現代にまでつながっている。

対する、米軍は年功序列や階級よりも「適所適材」が基本であり、優秀な人材をその能力が最大限発揮できる適所に置き、最大の効果を上げることこそが任命権者の役目としている。

これもまた、現代に至るまで、あらゆる組織で米国の人事は変わっていない。

山崎に確約した増援部隊派遣と武器や弾薬、食料などの輸送や自身を含め北方軍司令部を札幌からアッツ島に近い幌筵に移転させる準備を進めていた樋口のもとに五月二十日、大本営から驚愕の電報が届けられる。

守備隊を見殺しに

――アッツ島への増援を都合により放棄する

大本営が軍令部に「アッツ放棄」を伝えてから二日後の報告であった。にわかには信じられない。「事有らば兵力弾薬の増強をしてやる」と約束し送り出した樋口は断腸の思いで山崎宛に打電する。

――中央統帥部の決定にて、本官の切望救援作戦は現下の情勢では実行不可能なりとの結論に達せり。本官の力及ばざるははなはだ遺憾にたえず深く謝意を表すものな

り

　助けに行けないから、死んでくれという電信にしか取れない。いつかは援軍が来る。それまで持ちこたえよ、と部下を叱咤激励していた山崎は何を感じただろうか。アッツ島守備隊は見殺しにするという通告に対し、山崎大佐が返電した。

――戦さする身、生死はもとより問題ではない。守地よりの撤退、将兵の望むところではない。戦局全般の為、重要拠点たるこの島を、力及ばずして敵手に委ねるにいたるとすれば、罪は万死に値すべし。今後、戦闘方針を持久より決戦に転換し、なし得る限りの損害を敵に与え、九牛の一毛ながら戦争遂行に寄与せんとす。なお爾後(じご)、報告は、戦況より敵の戦法及びこれが対策に重点をおく。もし将来、この種の戦闘の教訓として、いささかでもお役に立てば、望外の幸である。その期いたらば、将兵全員一丸となって死地につき、霊魂は永く祖国を守ることを信ず

　見捨てられたことへの恨みつらみは一切なく、今後の戦闘の参考となるべく報告は米軍の戦法とその対策に絞ると伝えてきた。山崎の覚悟に司令部作戦室は無念の嗚咽(おえつ)

が漏れた。

アッツ島放棄、キスカ島救済へ

アッツ放棄に際し、条件を提示

五月二十一日、札幌の北方軍司令部に大本営から参謀次長の秦彦三郎（はたひこさぶろう）中将が説明に訪れた。秦は陸士では樋口の三期下の二十四期だが、東京外国語大学でともにロシア語を学び、ポーランド駐在武官時代にコーカサスを旅行した仲である。ハルビン特務機関長の後任には秦を強く推薦するほど樋口は秦の実力を買っていた。秦も樋口を「兄貴」と呼び、親しんでいた。

皮肉にも弟分が大本営の方針転換を説明する役回りとなった。自分が決定したわけでもないが、縷々（るる）説明する秦が伝える命令に従うほかはない。その場で辺りも構わず落涙、慟哭（どうこく）する。

樋口が手記「アリューシャン作戦の問題点」に残している。

――参謀次長秦中将来礼、中央部の意思を伝達するという。彼曰く「北方軍の逆上陸企図は至当とは存ずるがこの計画は海軍の協力なくしては不可能である。大本営陸軍部として海軍の協力方を要求したが、海軍現在の実情は南東太平洋方面の関係もあって到底北方の反撃に協力する実力がない。ついては企図を中止せられたい」と。

しかし、人道を貫く樋口季一郎は間髪入れず、秦にアッツ放棄に際し、条件を提示する。「キスカ島撤収」に海軍が無条件に協力することだった。

米艦艇が周囲をぐるりと取り巻き、数倍の兵力がすでに上陸し、砲撃されている現状ではアッツ増援は現実的ではなかった。秦も「軍司令官もアッツ攻略は大なる困難と考えていた」と後に記している。

樋口は秦に司令部から東京に直接、電話をかけさせ、海軍の快諾を得る。部下の不遇を悲嘆にくれるだけでは指揮官とはいえない。その状況において、最大限の結果を残すように最適な決断をすることがよき指揮官といえる。兵力を暫時追加投入し、被害を拡大させることになる。

この時、樋口は二千六百五十名の命を見殺しにすることと引き換えに、キスカ島守備隊五千名の命を救う選択をした。

——そこで私は山崎部隊を敢て見殺しにすることを受諾したのであった。（樋口手記「アリューシャン作戦の問題点」）

潔く玉砕せよ

その二日前の五月十九日、アッツ島放棄を決定した陸軍参謀本部と軍令部がキスカ島の処理について話し合っている。

陸軍が撤収に際し、「駆逐艦や航空機使用の可能性」について尋ねると、海軍が「駆逐艦も使用するが、潜水艦を使えば成功の算あり。航空機は飛行場建設が間に合わない」と返答した。

海軍としては「ケ号（撤退）作戦となれば海軍にお任せありたい。ある程度残ることもありうる。その場合は極力弾薬、食糧を送る。攻め込んでくる米軍と格闘する。全部引き揚げられるとは考えられぬが最善を尽くす。天佑その他であるいは思ったよりもできるかもしれない」と至極積極的だ。

前述のようにキスカ守備隊は半分が海軍である。陸軍と海軍が互いにどことなく遠慮しながらも一体感が生じない。陸海のきしむような音が聞こえ、釈然としない思いは残る。陸軍参謀総長の杉山元（すぎやまはじめ）元帥は「アッツ問題に関連して海軍が協力してくれなかったということは一切言うな」と発言している。

キスカ島撤収は会議で決まっていたとはいえ、現場の最高指揮官からの「アッツ放棄の引き換えにキスカは陸海一体となる撤収」という苦渋の条件提示が「奇跡の作戦」を後押ししたことは間違いない。

苦渋の決断をした樋口は五月二十三日、アッツ島守備隊に向けた電文を送信する。

――軍は海軍と協同し、万策を尽くして人員の救出に務むるも地区隊長以下凡百の手段を講じて、敵兵員の燼滅（じんめつ）を図り、最後に至らは潔く玉砕し、皇国軍人精神の精華（せいか）を発揮するの覚悟あらんことを望む

この時、初めて電文で「玉砕」という言葉が使われる。後に樋口は「山崎部隊が孤立無援で最後まで善戦し、日本武士道の精華を顕現（けんげん）せんことを要望した」と述べている。

山崎の返電である。

――国家国軍の苦しき立場は了承した。我軍は最後まで善戦奮闘し、国家永遠の生

命を信じ武士道に殉ずるであろう

「三日間で占領」と予測していた五倍の兵力の米軍に対し、山崎率いる守備隊は猛烈果敢な戦いを挑み、米第十七連隊五千名を壊滅させ、一時は押し寄せた米軍を海岸線にまで後退させる。しかしすでに兵士は千名に満たず、陣地は壊滅する。

五月二十六日の佐藤国夫上等兵の日記が残っている。

――援軍は遂に来ない。戦線は益々せばまった、もう袋のネズミに近い。砲爆弾が集中する。死ぬ日は何時か。それだけを思う。妻子のことも浮かばぬ。山の上から肉眼で敵の軍艦が手に取るように見える。真っ白い夏服をきた将校らしいのが手を振って命令を下している。大砲は、全部こちらを向いている。数分ごとに火花をはく。続いてグワーンと近くで作裂する音。ジリジリと身を焼かれる苦痛だ、いっそ早く命中してくれた方がいい。

傷だらけの最後の反撃

二十九日、山崎は生存者に熱田の本部前に集まるように命じる。深い霧の中、ポッ

アッツ島防空壕の前に座る山崎部隊長

リポツリと生存者が集まってきた。銃を杖に足を引きずる者、片腕だけの者、凍傷でまともに歩けない者。みんなどこかを負傷していた。島の各地に散在していた歩ける者だけ約三百名が集合し、山崎が最後の訓示を行なった。

三百名を百名ずつの三個中隊に編成し、無傷で元気な者が第一中隊、軽傷者と歩行可能な重傷者が第二中隊、非戦闘員が第三中隊。敵攻撃目標は臥牛山陣地で第一中隊から十分おきに突撃、援護のため高射砲は全弾発射することが決められた。

午後八時、はるか西南の故国に向かい、全員で「天皇陛下万歳」を三唱し、別れを告げた。二十九日十四時三十五分、キスカ島経由で電文を送信する。

――二十五日以来敵陸海空の猛攻を受け、第一線両大隊は殆んど壊滅（全線を通し残存兵力約百五十名）の為、要点の大部分を奪取せられ辛して本一日を支ふるに至れり

――地区隊は海正面防備兵力を撤し、之を以て本二十九日攻撃の重点を大沼谷地方面より後、藤平敵集団地点に向け敵に最後の鉄槌を下し、之を殲滅。皇軍の真価を発揮せんとす

――野戦病院に収容中の傷病者は其の場に於て、軽傷者は自身自ら処理せしめ、重傷者は軍医をして処理せしむ

――非戦闘員たる軍属は各自兵器を採り陸海軍共一隊を編成。攻撃隊の後方を前進せしむ。共に生きて捕虜の辱しめを受けさる様覚悟せしめたり

――他に策無きにあらざるも、武人の最後を汚さんことを恐る。英魂とともに突撃せん

十九時三十五分、山崎は最後の電文を送信する。

――機密書類全部焼却、之にて無線機破壊処分す

海軍の江本大佐もキスカ島に駐留している海軍電信室に向け最後の送信をした。

――これより、電信機を破壊し、総攻撃に向かう。いままでのご協力深謝す。貴隊の武運を祈る

ある軍医の日記が伝えるもの

最後まで後に伝えるものを残そうと、敵上陸の五月十二日から妻から贈られた聖書の余白に遺していた軍医の辰口信夫(たつぐちのぶお)曹長の日記が米軍に発見された。この日記は、米軍の手で英語に翻訳され、米国人に感銘を与えた。

明治四十四年八月、広島生まれ。中学卒業後に渡米、昭和十二年、エバンジェリスト医科大学を卒業し、医師となる。敬虔(けいけん)なクリスチャンで、伝道教会の医師として帰日し、昭和十六年一月に陸軍に召集される。医師にもかかわらず曹長という階級について、敵国の学校出身が理由との見方もある。山崎の電文に「重傷者は軍医をして処理せしむ」と記載、キリスト教に基づき命を救うために医師となったにもかかわらず

最後に悲痛な役回りを引き受けなければならなかった。

五月二十九日、最後の日記である（原文を英語に翻訳、そこから日本語に翻訳されたため、名前の箇所は原文不明瞭で〇〇とした）。


——夜二十時、地区隊本部前に集合あり。野戦病院も参加す。最後の突撃を行ふこととなり、入院患者全員は自決せしめらる。

僅かに三十三年の生命にして、私はまさに死せんとす。但し何等の遺憾なし。

天皇陛下萬歳。

聖旨を承りて、精神の平常なるは我が喜びとするところなり。十八時、総ての患者に手榴弾一個宛渡して、注意を与へる。

私の愛し、そしてまた最後まで私を愛して呉れた妻〇〇よ、さようなら。どうかまた会う日まで幸福に暮らして下さい。

〇〇様　やっと四歳になったばかりだが、すくすくと育ってくれ。

〇〇様　貴女は今年二月生まれたばかりで父の顔も知らないで気の毒です。

〇様　お大事に。

〇〇ちゃん、〇〇ちゃん、まさちゃん、みっちゃん、さようなら。

敵砲台占領の為、最後の攻撃に参加する兵力は一千名強なり。敵は明日我総攻撃を予期しあるものの如し。

生存率一パーセントの大激戦

「バンザイ・アタック」

三個中隊に編成された三百名は無線機を破壊すると、山崎を先頭に鬼気迫る突撃を行なった。食糧も途絶え、二十分も立っていることができない。離れ離れにならないよう巻き脚絆（きゃはん）や包帯などで、それぞれの手を数珠のように結び、幽鬼（ゆうき）のごとく陣地に前進する様は米軍を怯えさせた。

その後、繰り返された玉砕の戦地で、米兵に「バンザイ・アタック」と呼ばれ、恐れられたアッツ守備隊の逆襲を受けた米軍第一戦中隊長のハーバード・ロング中尉は山崎の鬼神のような最後の戦いの姿に恐怖さえ感じた。

――自分は自動小銃を小脇に抱えて島の一角に立った。霧がたれこめ、百メートル以上は見えない。ふと異様な物音が響く。すわ敵の襲撃かと思ってすかして見ると三百から四百名くらいの一団が近づいてくる。

先頭に立っているのが山崎部隊長だろう。右手に日本刀、左手に日の丸を持っている。どの兵隊もどの兵隊もボロボロの服をつけ、青ざめた形相をしている。手に銃のない者は短剣を握っている。最後の突撃というのに皆どこかを負傷していて、足を引きずり、膝をするようにゆっくり近づいてくる。

我々アメリカ兵は身の毛をよだった。わが一弾が命中したのか先頭の部隊長がバッタリと倒れた。しばらくするとむっくり起き上がり、また倒れる。また起き上がり一尺、一寸と這うように米軍に迫ってくる。

また一弾が部隊長の左腕を貫いたらしく、左腕はだらりとぶら下がり右手に刀と国旗とをともに握りしめた。

こちらは大きな拡声器で「降参せい！　降参せい！」と叫んだが、日本兵は耳を貸そうとはしない。ついに我が砲火が集中した。

従軍記者であるＡＰ通信のウイリアム・ウォルドンは最後の突撃の光景を配信した。

――生き残りの将兵はわれわれの目の前で手榴弾を自分のヘルメットにたたきつけ

た。日本兵は最後の一人まで戦い、そして斃(たお)れた。この光景を孤穴(こあな)に潜んで間近に見ながら、生まれて初めておそらく今後再び経験することがない戦慄が顔を覆った。

十八日間の戦闘の末に

アッツ島を取り巻く艦船からの艦砲射撃、艦上機からの爆撃など圧倒的火力と五倍もの兵力で三日間で陥落させるはずだったアッツ島だったが、山崎部隊の決死の攻撃に激戦は十八日間に及んだ。

国旗と刀を手に陣地に迫る山崎の姿は日本武士道の精粋として、米軍に深い感銘を与えた。アッツ島虎山墓地から南西二百四十メートルの臥牛山には米軍の手で建立された慰霊碑がある。銅板には英文で刻まれている。

——第二次大戦　一九四三年

日本の山崎陸軍大佐はこの地点の近くの戦闘によって戦死せられた

山崎大佐はアッツ島における日本軍隊を指揮した

場所　エンジニヤヒル　クラヴシー峠

第十七海軍方面隊指揮官の命により建立した

一九五〇年四月

この戦闘で陸海合わせた日本軍の戦死二千六百三十八名、意識を失うなどして捕虜となり生還した者二十七名で生存率一パーセントに過ぎなかった。二十七名は意識を取り戻した後、自殺を試みる者が続出し、護送途中、見習士官一名が船上から身を投げた。

米軍の損害も大きく、上陸兵力一万一千名のうち、戦死約六百名、負傷約一千二百名だった。

アッツ島の戦いは初めての玉砕戦となり、その後の戦闘基盤となってしまい、昭和十九年一月十九日のクウェゼリン島やタラワ島、サイパン島、テニアン島、グアム島、硫黄島など悲劇が続くことになる。

総突撃の前、山崎は海軍の江本弘中佐、陸軍の沼田宏之少佐と、海軍嘱託の秋山嘉吉に残るように命令した。潜水艦で帰還し、善戦の報告するため、アッツ島での待ち合わせの場所と時間をキスカ島電信室は受信していた。しかし、遂に帰還することはできなかった。

昭和二十八年七月、アッツ島派遣団が四体の遺体を発見し、三人の身元を確認した。

陸軍本隊とは離れた熱田湾東岸突端付近の洞窟に横たわっていた。

五月三十日、アッツ島玉砕の報告を受けられた天皇陛下は「最後までよくやった。このことを伝えよ」と命じられる。これに対し、参謀総長の杉山元は「ただいま、奏上いたした如く、無線機は破壊されています」と申し上げると昭和天皇は「それでもよいから、電波を出してやれ」と言われた。無念にも散って逝った守備隊へ向けた天皇陛下の御言葉が、届かないことを承知した上でアッツ島へ向けて打電された。

瀬島龍三の回想

大本営参謀の瀬島龍三（せじまりゅうぞう）少佐はこの時の様子を手記「幾山河」に記している。

――そして、翌日九時に、参謀総長・杉山元帥が、このことを拝謁して奏上しようということになりまして、私は夜通しで上奏文の起案をし、御下問奉答（かもんほうとう）資料もつくって、参謀総長のお供をして、参内いたしました。

私どもスタッフは、陛下のお部屋には入らず、近くの別の部屋に待機するわけです。それで杉山元帥は、アッツ島に関する奏上を終わらせて、私が待機している部屋をご存じですから、「瀬島、終わったから帰ろう」と、こうおっしゃる。

参謀総長と一緒に車に乗る時は、参謀総長は右側の奥に、私は左側の手前に乗ることになっていました。この車は、運転手とのあいだは、厚いガラスで仕切られていました。

この車に参謀総長と一緒に乗り、坂下門を出たあたりで、手帳と鉛筆を取り出して、「今日の御下問のお言葉は、どういうお言葉がありましたか。どうお答えになりましたか」ということを聞いて、それをメモして、役所へ帰ってから記録として整理するということになっていました。

車の中で何度もお声をかけたのですが、元帥はこちらのほうを向いてくれません。車の窓から、ずっと右の方ばかりを見ておられるのです。右の方、つまり二重橋の方向ばっかり見ておられるわけです。

それでも、その日の御下問のお言葉と参謀総長のお答えを伺うことが私の任務ですから、「閣下、本日の奏上はいかがでありましたか」と、重ねてお伺いしました。

そうしたら、杉山元帥は、ようやくこちらの方に顔を向けられて、「瀬島、役所に帰ったら、すぐにアッツ島の部隊長に電報を打て」と、いきなりそう言われた。

それを聞いて、アッツ島守備隊は、無線機を壊して突撃してしまったということが、すぐ頭に浮かんで、「閣下、電報を打ちましても、残念ながらもう通じません」と、お答えしました。

そうしたら、元帥は、「たしかに、その通りだ」と、うなずかれ、「しかし陛下は自分に対し『アッツ島部隊は、最後までよく戦った。そういう電報を、杉山、打て』とおっしゃった。だから、瀬島、電報を打て」と、言われました。

その瞬間、ほんとに涙があふれて……。母親は、事切れた後でも自分の子供の名前を呼び続けるわな。陛下はそういうお気持ちなんだなあと、そう思ったら、もう涙が出てね、手帳どころじゃなかったですよ。

それで、役所へ帰ってから、陛下のご沙汰のとおり、「本日参内して奏上いたしたところ、天皇陛下におかせられては、アッツ島部隊は最後までよく戦ったとのご沙汰があった。右謹んで伝達する」という電報を起案して、それを暗号に組んでも、もう暗号書は焼いてないんですが、船橋の無線台からアッツ島のある北太平洋に向けて、電波を送りました。

「玉砕」という言葉が初めて使われる

アッツ島が声を失った瞬間。キスカ島も声を失った。

「次は自分たちの番だ、キスカも同じように玉砕する」

キスカ島守備隊全員が同じ思いだった。小野打も覚悟した。アッツ島の電信兵と同じように電信機を破壊し、暗号文を焼き捨てて突撃する姿を思い浮かべた。

アッツ島守備隊全滅を受け、五月三十日、大本営が発表した。

――アッツ島守備部隊は五月十二日以来、極めて困難なる状況下に、寡兵よく優勢なる敵に対して血戦継続中のところ五月二十九日夜、敵主力部隊に対し、最後の鉄槌を下し皇軍の神髄を発揮せんと決意し、全力を挙げて熾烈なる攻撃を敢行せり。其後通信全く杜絶、全員、玉砕せるものと認む。傷病者にして攻撃に参加し得ざるものは、之に先立ち悉く自決せり。我が守備部隊は二千五百名にして、部隊長は陸軍大佐、山崎保代なり。敵は特種優秀装備の約二万にして五月二十八日までに与えたる損害六千を下らず。

――キスカ島はこれを確保しあり。

五月三十一日の朝日新聞にも「アッツ島に皇軍の神髄を発揮」「壮絶夜襲を敢行玉砕」「敵二万損害六千下らず」「一兵も増援求めず」「烈々戦陣訓を実践」という見出しで報じている。

このとき、初めて「玉砕」という言葉が発表に使用される。唐の史書である「北斉書」の「大丈夫寧可玉砕何能瓦全」（男は瓦となって終わるよりも、むしろ玉となって砕けた方がよい）からとられた言葉だが、西郷隆盛の「西郷南洲遺訓（さいごうなんしゅういくん）」の方が一般的である。

――幾度か辛酸を歴て、志始めて堅し。丈夫玉砕して甎全（せんぜん）を恥ず（人の志は幾度もつらいことや苦しい目にあった後、初めて固まる。男は玉となって砕けることを本懐とし、志を曲げ、瓦のように生きながらえることを恥とする）。

広辞苑には「玉が美しく砕けるように、名誉や忠義を重んじて、いさぎよく死ぬこと」と書かれ、「壮烈なる戦死」とともに全滅した戦闘に使用されることになる。

生きて虜囚の辱めを受けず

アッツ島玉砕以後、圧倒的な不利な状況でも降伏せず、死を選んだ日本軍の突撃がサイパン島やテニアン島、硫黄島などの太平洋の島だけではなく大陸でも各地で繰り広げられた。

「生きて虜囚の辱めを受けず」という戦陣訓が国民に定着し、おめおめと日本に帰ることができないような雰囲気ができ上がってしまった。

ミッドウェー海戦惨敗から戦局が急速に悪化し、日本軍快進撃の立役者である連合艦隊司令長官の山本五十六まで戦死した。敢闘精神をいかんなく発揮した「アッツ島玉砕」は戦意昂揚の策としてはうってつけだったともいえる。

六月五日、東京・日比谷公園で山本五十六の国葬が行なわれた。芝の東京水交社から日比谷公園まで、棺が運ばれた二キロの沿道は国民で埋め尽くされた。アッツ島玉砕報道直後でもあり、日本中で仇討ちムードが高まった。

米軍に与えた影響も大きく、カーリッグ海軍大佐も「戦闘報告」の中で、アッツ島の戦いが今後の米上陸作戦のモデルとなったことを記している。

――指揮の相互関係、艦砲射撃支援、航空支援及び援護艦艇の統制と使用法確立において、アッツは将来の上陸作戦の典型となった。この作戦は米国領土の奪還に対する最初の作戦となった。

この作戦は後日、太平洋における日本軍に対する襲撃において、ますます示される日本軍の特徴を明らかにした。山崎陸軍大佐は最初の万歳突撃を命令した。彼の軍隊

北方軍司令部の幹部。前列左から５人目が樋口中将

は前例がないほど塹壕（ざんごう）を利用し、最後まで岩と土を利用した。米軍は今や日本軍から何を予期すべきかを知った。

アッツ島以後、米軍は上陸作戦の際、徹底的な艦砲射撃と空爆で念には念を入れ陣地を破壊した上で、完璧に艦艇や潜水艦、航空機の援護態勢を整えた後、ようやく陸軍兵や海兵隊が上陸し、兵力の損失を最小限に努めた。

それでも「バンザイ・アタック」と呼ばれた予測できない攻撃に手を焼いた米軍は戦略を変更、何が起こるかわからない日本本土上陸をあきらめ、航空機での無差別爆撃と原子爆弾投下の方針に傾いた。アッツ島守備隊のすさまじい逆襲が米軍に恐怖を与えた結果だった。

山崎部隊玉砕の報を聞いた花屋の店主が店頭にあった「ロードヒポキシス」に守備隊を偲(しの)び「アッツ桜」と名づけ、売り出したところ、その名が広まった。

南アフリカ原産のコキンバイザサ科の球根植物で、細い葉の間から茎を出し、春に二センチほどの薄紅色や白色のかわいい花を咲かせる。

玉砕の報が流れた三月末には、かわいい花が咲いていただろう。店主は想像もできない極寒の島で戦死した将兵にこの花を手向けたかった。その心優しさが多くの国民の胸を打った。

現在までも「アッツ桜」と呼ばれ、アッツ島玉砕の頃、ひっそりと小さな花を咲かせている。

第3章

木村昌福少将

奇跡の撤退

キスカ島からいかに撤退するか

アッツ島陥落で、アッツ島と米軍飛行場があるアムチトカ島に挟まれたキスカ島守備隊は米軍に制海制空権を握られ、孤立していた。

キスカ島には陸軍北方軍麾下の峯木十一郎少将（陸士二十八期）率いる陸軍北海守備隊司令官二千七百名と秋山勝三少将（海兵四十期）率いる海軍五十一根拠地隊二千五百名の合わせて五千二百名が駐留していた。大半が陸軍部隊だったアッツ島と比較し、キスカ島は陸海がちょうど半分ずつで、それが今後の「奇跡の撤退」といわれた陸海協調作戦に大きく左右することになる。

キスカ島はアッツ島よりも先に上陸してくると見込んでいたため、兵力も倍以上、飛行場建設などの設営作業は進んでいた。しかし、アッツ島陥落で孤立無援の状態に陥り、死か降伏を待つだけになっていた。

米軍もアッツ島攻略で次はキスカ島攻略に狙いを定めていた。アッツ島の悲劇を繰り返さないためにも米軍上陸前にキスカ島撤収を進めなければならなかった。しかし、

キスカにおける北海守備隊の幹部。中央が峯木司令官

キスカ島撤退について「なるべく速やかに潜水艦による逐次撤収に努め、状況により、輸送艦、駆逐艦併用のこともあり」と決まった。

しかし、最大の潜水艦伊九で収容人員百人、伊二ではわずか四十人。何度往復する必要があるのか。米艦艇の警戒網をかいくぐって潜水艦で全員を収容することは不可能であり、「キスカ撤退」の方針が決まっただけで、何も決まってないに等しかった。

キスカ撤退作戦は「ケ号作戦」と名付けられた。この年の二月一日から七日に実施された「ガダルカナル撤退作戦」と同じで、「ケ」は捲土重来（けんどちょうらい）のケを表わし、撤退ではあるが、再起するための転進という意味が作戦名に込められている。「ガダルカナル島撤退作戦」の当時は撤退という文字はどこにもなく、転進といわれていた。「ケ号作戦」は極秘のうちに進められていたが、キスカ島電信室の小野打はなんとなく気づいていた。

「電信を聞いていると、『キスカ』『ケ号作戦』という言葉が度々、入るようになった。『ケ号作戦』はガダルカナル島撤退作戦の時に使われていたことは知っていましたので、撤退かなというのは薄々、わかりました。でも、島はアメリカの艦隊に取り囲まれているし、空襲は激しいし、どうやって撤退するのかとは思ってましたよ」

どうしてもキスカ島だけは

アッツ島に赴く山崎保代大佐に対し、「事有れば万策を尽くして兵員兵備の増強増援を行なってみせる」と約束したにもかかわらず、アッツ島玉砕を防げなかったことに対し、北方軍司令官の樋口季一郎陸軍中将の苦しみは計り知れない。

後に「戦争に負けた時よりもつらかった」と語っており、無情にも多くの部下を死なせてしまった自責の念から食事も喉を通らなくなり、体重は二十キロ近くも減り、頬はこけて容貌はすっかり変わってしまっていた。

それでも打ちひしがれている時間的猶予はない。アッツ島放棄という苦渋の選択と引き換えに勝ち得た「キスカ島撤収」を急がなければならなかった。

元々、アッツ島とキスカ島上陸はミッドウェー作戦の陽動作戦で海軍主導で考案されたため、アッツ島玉砕で多くの将兵を失った陸軍内部には海軍に対する不満が充満していた。しかし、アッツ島の二の舞を踏まず、キスカ島守備隊撤退の現実を直視する樋口は拘泥しなかった。

キスカ撤退が決まった際、樋口はキスカ駐留の北海守備隊司令官の峯木十一郎に対し、「陸海軍を問わず患者及び非戦闘員を先にし、終了後はほぼ同数ずつ撤収せよ。まず海軍側設営隊人員を撤収させる」と海軍を優先するように命令した。

撤退作戦ではガダルカナル撤退のように駆逐艦などの高速艦艇で、一気に密かに撤退するのが常道であるが、これ以上の艦艇損失を避けたい海軍は消極的だった。このため、潜水艦による撤退作戦が考案された。

アッツ島玉砕で米艦隊の目標はキスカ島奪還に絞られ、米艦隊は補充兵を上陸させないように警戒態勢がさらに厳重になっていた。

昭和十八年六月に二回の輸送作戦で、傷病兵や非戦闘員約八百名が撤退し、弾薬百二十五トン、糧食百トンの補給に成功した。しかし、潜水艦伊二と伊九が相次いで消息不明になり、伊七が敵の砲撃を受けて浅瀬に乗り上げ、航行不能になり、潜水艦での救出作戦は中止せざるをえなくなった。最終的に潜水艦で撤収できたのは海軍三百八人、陸軍五十八人、軍属五百六人の計八百七十二人だった。

やむを得ず潜水艦での撤退作戦から、この海域特有の視界ゼロともいわれる濃霧に紛れ、軽巡洋艦や駆逐艦でキスカ湾に突入、素早く守備隊を収容するという水雷戦隊による撤退作戦「ケ二号作戦」に変更となった。しかし、網の目のような米軍レーダー網と艦艇包囲網の中から、策敵機も飛べず、運命を濃霧という天候に任せる撤退作戦はだれの目にも無謀に映った。

だが、樋口は躊躇なく海軍立案の「ケ二号作戦」を支持し、陸軍も万全の態勢で支援することを約束する。アッツ島玉砕から二ヵ月。キスカ島奇跡の撤退作戦が始まった。

髭のショーフク、木村昌福少将

昭和十八年六月十四日、大湊を出航した第一水雷戦隊の巡洋艦「阿武隈（あぶくま）」に乗艦し、司令官の木村昌福少将が占守島に着任する。

木村の使命は霧にまぎれ、キスカ島の守備隊五千二百名を救出する「ケ二号作戦」の指揮を執ることだった。勢いがある進攻作戦と違い、後ろ向きの撤退作戦は隊全体の目的意識を高く保持する必要があり指揮官の力量が問われる。

この指揮官に木村が任命された。明治二十四年、静岡市に生まれ、静岡中学から海軍兵学校（第四十一期）入学、同期に草鹿龍之介、大田実、田中頼三らがいる。

配属や昇進の基となる「ハンモックナンバー」といわれる海軍兵学校の卒業席次が百十八人中の百七番と輝かしい大艦勤務や陸上勤務もなく出世に無縁で、大半を船の上で過ごした潮っ気いっぱいの「車曳き」（駆逐艦乗り）と呼ばれた「水雷屋」だった。

「髭のショーフク」のあだ名通り立派な髭ではあるが、米軍に「パーフェクトゲーム」と言わしめた作戦を決行するとは思えない春風駘蕩の村長さんのようでもある。

陸軍の人道の将が樋口季一郎ならば、海軍の人道の将は木村昌福だ。この二人の陸海の人道の将がそろったことで、初めて奇跡の作戦が成り立ち得たといえる。

「俺は水雷屋だぜ」が口癖の海軍人生を過ごす中で木村らしい戦績も上げている。不思議と木村の海軍人生は北の海と縁が深く、卒業後の南洋群島防備隊の後、第三艦隊「三笠」乗組を命ぜられ、大正七年九月十日、「三笠」に赴任、ウラジオストク警備に着いた。

同年八月、ロシアで起きた社会主義革命で誕生した革命政権（ボルシェビキ）から、チェコスロバキア軍を救出する目的で、日、英国、フランス、イタリア、中華民国が出兵し、日本軍が指揮する共同派遣軍は九月末までにロシア極東三州（沿海、黒龍、ザバイカル）の治安を回復し、チェコ軍救出に成功した。

日本軍兵力はピーク時には日米公約を上回る七万二千人で、各国は撤退したが、日本軍だけが治安維持のために駐屯を続ける。戦死者二千七百人、戦費は九億円の多大な損害を出し、「無名の師」として激しい批判を浴びた。ただし、連合国として義務を果たす、赤軍（共産党）に朝鮮国境を越えさせず、居留邦人を保護するという理由はあった。

木村昌福少将

氷点下四十度の冬を迎え、革命政権軍の反攻が始まり、地元の気象、地理を知り尽くしている革命政権軍はゲリラ戦法に転ずる。河川が凍結し、物資の輸送もままならず数多くの部隊が全滅。木村は家族にこんな話をしている。
「日本軍は黒の外套（がいとう）を着て雪の中で戦った。敵は白い外套だ。そのために味方はバタバタ敵弾に当たって死傷した」

雪に紛れる白の軍装さえ準備できずに、厳冬地シベリアで、革命政権軍と戦ったことになる。

木村昌福の姿勢

尼港事件

特に尼港（ニコラエフスクナアムーレ）で起きた尼港事件は日本人が忘れてはならない陰惨さだった。

ハバロフスク地方の尼港はアムール（黒龍河）河口の人口一万五千人の町で、日本領事館も置かれ、在留邦人四百四十人が暮らしていた。

陸軍歩兵第二連隊所属の石川正雅率いる一個小隊三百人とロシアの反革命軍が郊外の革命政権軍と対峙。大正九年二月二十四日、革命政権軍の休戦申し入れがあり、「専守防衛」の命を受けていた石川は停戦協定に合意した。停戦協定は「治安維持」「裁判なしに市民を処刑しない」との項目があったが、革命政権軍千名が市街地に入り、民間人を次々に処刑し、暴徒千名と結託し、日本軍に武装解除を求めてきた。

海も川も凍った極寒、無線電信所も敵の手に渡り、外部との連絡手段が閉ざされてしまった石川には死中に活を求めるのは奇襲攻撃しかないと考える。三月十二日午前二時に総攻撃。しかし、約二千名に膨らんだ革命政権軍の前では多勢に無勢、石川は戦死、陣地に戻ってきたのはわずか百人。居留邦人は老若男女を問わず、虐殺され、領事館も襲撃され、全員死亡した。

包囲を続ける革命政権軍は三月十七日、「日露両国で停戦協定が成立」との偽の電報を渡し、そこにまた、第十四師団の東部旅団長から「無益な戦闘中止」の訓令が伝達。ところが、停戦のはずが今度は武装解除を命じ、日本軍が全員、獄舎(ごくしゃ)に収容された。

木村はこんな時期、海軍派遣隊としてロシアから接収した河川用砲艦「ブリヤット」乗り組みとなっている。砲艦といってもボートに毛が生えた船で、尼港救出のため、五月十七日、ハバロフスクからアムール川を下った。途中、各地を占領し、敵の砲撃や機雷の排除をしながら、六月三日、尼港に入港した。だが、総攻撃から七十二日、派遣隊が救援に到着したとき、街はすでに死んでいた。

――尼港はほとんど焦土と化し、住民いずれも避難しありて、光景転(うたた)凄惨を極む。

捜索を続けていた木村ら海軍派遣隊は街外れの獄舎の壁に刻まれた日本語を発見した。

――大正九年五月二十四日午後十二時、忘レルナ

アムール川の河畔には虐殺された日本兵と邦人百二十二名の遺体が放置されていた。革命政権軍は日本軍救援部隊が近づくとみると、見せしめのため全員を処刑した。木村もこの光景を見た。七月二十二日、舞鶴に帰港するまでの間、小さな川船で陸軍のように革命政権軍の砲撃を受けながら転戦。敵を撃退し勝利したことも、反撃を受け敗走した場面もあったはずが、ほとんど記録に残っていない。

――六月十五日、出撃。邦人二名救出、十七日帰投。

戦果としてあるのはこれだけだ。敵を打ち破った戦果が大げさに記録されるのが常識である。しかし、「邦人二名救出」しかない。撃退よりも救出。今後の木村を暗示するものだった。

撃っちゃいかんぞぉ

インド洋の制海権を制圧する目的で、昭和十七年四月五日から九日にかけ、旗艦「赤城」以下空母五隻の航空機隊が英東洋艦隊の拠点であるインド洋の南にあるセイロン島（スリランカ）のコロンボを空爆、英国重巡洋艦「ドーセットシャー」「コンウォール」、軽空母「ハーミス」を撃沈する。

機動部隊の攻撃に呼応し、木村艦長乗艦の重巡洋艦「鈴谷（すずや）」を含む重巡洋艦「鳥海（ちょうかい）」などの小沢治三郎（おざわじさぶろう）中将率いる馬来（マレー）部隊も一日、ビルマ南部メルギーを出港。六日午前、カルカッタとマドラスの中間海域で、商船や貨物船、油槽船など二十一隻撃沈、八隻を大破させた。

「鈴谷」も六日午前九時四十分、敵輸送船六隻を発見。九時五十二分から十一時五十分の間に全船を撃沈する。

輸送船攻撃では魚雷を使用せず、接近し高角砲で水際の船底部を狙い撃ちにし穴を開け、人的被害を少なくし、船だけを沈没させる戦法を取った。

輸送船でもあり、反撃はほとんどなかったが、砲撃では命中してもなかなか沈没しない状況に業を煮やした魚雷担当の水雷長一二ノ方兼文（にのかたかねふみ）大尉が「魚雷戦準備整っています」と木村に申し出る。

「おれも水雷屋だ。水雷科の気持ちはよくわかるが、これしきの相手に魚雷を撃つのはもったいない。もうすぐ沈没する」

砲撃を受けた輸送船からボートが降ろされる。双眼鏡でよく確認すると、ボートには船長以下数人の白人が座り、周囲をインド人が白人を隠すように取り巻いているのが見えた。

主砲と高角砲、機銃が敵船に照準を定め、いつでも再砲撃できる態勢を取っていた。

「撃っちゃいかんぞぉ」

木村の大声が艦橋に響き渡った。ボートに照準を合わせて砲撃手以下、全員あっけにとられ、振り返る。ボートが安全な位置まで輸送船から離れたのを確認して、再び木村が叫んだ。

「よし、砲撃せよ」

敵輸送船六隻とも、乗員が退去したのを確認してから、沈没させた。

無駄に命を捨てず、奪わない

この光景を目の当たりにした部下は一様に感激する。艦長を補佐する運用長の前田(まえだ)一郎(いちろう)少佐も「例え、戦意を喪失した者や非戦闘員であっても、戦場で敵側の命を守るために、身を挺してその前に立ちはだかるなど、ふつうの人間にできることではない」と述壊している。

二ノ方も「個々の目標に対し、必ず乗員の全員退去を確認してから攻撃を命じる艦長の非戦闘員に対する配慮に深く敬服した」と語った。

部下の命も、敵兵の命も分け隔てなく、戦争は命を賭けた戦いではあるが、無駄に命を捨てる必要もなく、奪う必要もない。木村のこうした姿勢は若いときから一貫し、変わることはなかった。

木村の考え方はこの作戦で消耗した砲弾数に表われている。僚艦「熊野」の主砲三百三十三発に対し、「鈴谷」百九十発、高角砲百八十六発に対し、六十四発だった。日記でも触れている。

――消耗弾数制限について充分なる考慮を要す魚雷において特に然り。

作戦終了後、木村は乗員を集めて訓辞する。

「戦争の前途は長い。機会はあるだろう。ますます技量を磨いて次の機会に備えよう」

飛行科や砲術科と比較し、活躍の場が得られなかった水雷科を慰める気遣いを見せた。

指揮官としての責任

南太平洋海戦

昭和十七年十月二十六日、陸軍の第三次総攻撃を支援するため、木村艦長の重巡「鈴谷」を含む第七戦隊はガダルカナル島沖で敵空母機動部隊の警戒に当たっていた。

午前四時五十分、索敵機から敵空母機動部隊発見の報が入る。

空母ホーネット、エンタープライズを中心にした戦艦、巡洋艦、駆逐艦合わせて二十一隻の大艦隊だった。

日本軍も空母「翔鶴(しょうかく)」「瑞鶴(ずいかく)」を中心に四十五艦が迎え撃つ。後に「南太平洋海戦」と呼ばれる海戦は夜半まで続き、ホーネットを撃沈、エンタープライズを中破した。日本軍に沈没艦はなく、形の上では勝利したが、ガダルカナルの戦いに寄与することはなかった。

木村の日記は二十六日の「南太平洋海戦」について、ごく短く触れている。

――〇七三〇　敵雷撃九機来襲被害なし撃墜もなし危なかりし。

「鈴谷」は機動部隊前衛で本隊の百海里前方を南下中に「敵空母発見」の報を受けた。

――前衛は敵方に進撃せよ

午前六時五分に電令を受け、僚艦とともに反転した。午前七時五分、敵機襲来。艦上機五機を発見し、総員配置で待ち構えていた「鈴谷」が反撃した。日記にある午前七時三十分。天候は曇り、スコール雲の切れ目から魚雷を腹に抱えた九機が急降下してきた。

責任を明確にすべし

七時三十三分二十秒、一機目が魚雷発射。三十四分五十六秒、「鈴谷」の左舷をかすめた。攻撃は間断なく続く。二機目、三機目、四機目。魚雷を回避した。

三十三分四十秒、五機目となる右前方の敵機が魚雷発射した。

「面舵（おもかじ）」

航海長は右に避け、魚雷コースに対し横を向くと当たる面積が大きくなり危険性が高まるため、魚雷コースと船体を平行にしようとした。

記録としては同時刻の三十三分四十秒、七機目の左前方の敵機も魚雷を発射。左右同時攻撃だ。そのまま右転回すると、左からの魚雷に対し、真横になり、船体の腹をさらけ出すことになる。難しい。迷った。瞬時の判断である。航海長が艦長である木村の方に顔を向けた。

「真っ直ぐに行け」

三十三分四十秒、七機目の魚雷は発射直後に沈没。三十五分〇〇秒、五機目の魚雷が艦底を通過した。

「鈴谷」はことごとく九機の魚雷を回避して、無事だった。この間、わずか五分。よほど危なかったのだろう、戦後になり、しみじみと語っている。

「敵機の攻撃回避はベテランの航海長にまかせていたが、さすがの航海長も瞬間、処置に迷ったのであろう、私の方を向いた。私は間髪入れずに『真っ直ぐに行け』と命令した。われながらうまくいったと今でも思う。直進すれば、回避できるとは思っていなかったが、信頼する部下が迷った時は、艦長として何らかの指示を与えて、自分の立場、自分の責任を明確にすべきだと思った」

数秒の差で命を落とす判断を迫られた場合、なにが最適かはわからないが、指揮官として判断すべきであることは間違いない。判断が誤りだったとしても致し方ない。だが、顔を見合わせた瞬間に相手が理解できるほど、指揮する指揮官と指揮される部下の信頼関係が成り立っていれば、責任のなすりつけ合いもおきない。阿吽の呼吸である。

乗員三十人の水雷艇から始まった「水雷屋」の真骨頂だった。

やんわりと、しかしきっぱりと断わる

昭和十八年二月二十八日、木村艦長が乗る駆逐艦「白雪」を旗艦とする輸送船団がニューギニアに向けラバウルを出港。

陸軍の輸送船七隻と海軍輸送船一隻を護衛部隊が囲むようにして、速力九ノットで航行した。

三月三日午前七時五十分、上空には海軍の警戒機十二機が哨戒していた。南方から大量の敵機発見。警戒機が高々度から襲来した敵機と交戦している隙に、戦闘機に擁護された爆撃機が超低空で水平爆撃を開始してきた。

輸送船、護衛していた駆逐艦が次々と被弾した。

旗艦の「白雪」に対し、敵機A－20がマストすれすれの低空で機銃掃射をしながら、爆弾を投下した。

「敵、魚雷」

魚雷と見間違えるような細長い爆弾はいったん水面で跳ね、後部弾薬庫に命中。弾薬庫は大爆発を起こした。

最初の機銃掃射の際、木村の左太もも、右肩、左腹部を貫通した。木村はボートに収容されたが、その直後に「白雪」は艦首を立てて沈没していった。木村は僚艦「敷波」に移り、横たえたまま、指揮を執った。

しかし、午前八時三十分までの間に襲来した敵機は七十機を超え、打つ術もなく、輸送船八隻、駆逐艦四隻が沈没した。

ボートなどで漂流していた約二千七百人を駆逐艦四艦に収容した。駆逐艦「時津風」に乗船していた陸軍第十八司令官が約二千七百人を目的地ラエに近いフオン半島かさらに来北のマダンに上陸できないかと木村に打診してきた。

「残存駆逐艦四隻のうち二隻は損傷、さらに燃料不足で全部集めても、二隻しかマダンにたどり着けない。遭難者の救助を放棄せざるを得ないのみならず、帰航の安全は保し難い」

やんわりとだが、きっぱり断わる。公式には海軍が陸軍を説得したとある。

巡洋艦「阿武隈」の司令官になる

救助に駆けつけた駆逐艦「初雪（はつゆき）」「浦波（うらなみ）」をラバウルに帰した後、木村は三隻で、午後十一時から、遭難者の救助に当たる。夜間で十時間以上が経過していたこともあり、救助作業は困難を極めた。

夜明けとともに再び敵機が襲来する可能性が高く漂流中の百四十名を収容しただけ、翌四日午前一時に捜索を断念する。

他の艦は先に帰し、味方の艦を救出すべく自分の乗る旗艦を残し、最後まで生存者を救う決断は「危険なことは自分がやる」と部下を思う至情を貫いた。

しかしながら結果的に陸軍将兵六千

「阿武隈」艦上の第一水雷戦隊司令部。前列中央で座るのが木村少将

九百十二名中約三千名戦死、輸送船八隻、駆逐艦四隻を失ってしまった。

　木村を乗せた「朝日丸」はトラック、サイパン経由で三月二十日に呉に入港、海軍病院に入院し、療養生活に入った。

五月二十九日、アッツ島玉砕。六月六日、幌筵島に停泊していた巡洋艦「阿武隈」で第一水雷戦隊司令官である森友一少将が脳溢血で倒れた。

すぐさま後任が必要だった。

負傷も癒えていた木村の名が上がる。

経験豊富で沈着冷静。適任だった。前回、大敗を喫し、三千人もの将兵を死なせている。心中期するものがあっただろう。

キスカ島には五千名を超える兵士が救出を待っていた。

第4章　キスカ島からの第一次撤退作戦

樋口と木村に相通じるもの

全権一任

――六月十一日一〇〇〇大湊着、一〇三〇着任。阿武隈一五〇〇大湊発幌筵に向ふ。

一刻を争っているとはいえ、木村の日記によると、着任後わずか四時間半で出港している。「阿武隈」は大正十四年に竣工(しゅんこう)した軽巡洋艦で、六千四百六十トン、十四センチ砲七門、六十一センチ魚雷発射管八門などを備えている。六月十四日午前七時三十分、「阿武隈」は幌筵島の対岸の占守島入港。直後に第五艦隊の旗艦「那智(なち)」からの暗号電信を受信した。

――司令長官より司令官へ　司令官　先任参謀　来艦せよ

先任参謀の有近六次(ありちかむつじ)中佐とともに木村はすぐにボートに乗り、「那智」に向かう。「那智」の長官公室には第五艦隊司令長官の河瀬四郎中将、参謀長の大和田昇(おおわだのぼる)少将、高塚忠夫大佐が待っていた。

あいさつもそこそこに大和田が口火を切った。

「キスカを放棄し、その守備隊全員を急速撤収することに方針も定まり、その実施命令が当艦隊にまいりました」

続いて、河瀬が話し始めた。

「木村君ご苦労だが願います。この撤収は容易ならざる作戦であって、敵包囲に中から全員を無傷秘密裏に引き揚げることは激戦死地に飛び込む以上に苦心と忍耐がいる。どうか最後のご奉公のつもりで善謀善処好機を捕捉これを決行していただきたい」

さらに河瀬は「本作戦は一水戦司令官に一任する」と述べた。全権一任である。

「使用兵力など要望があれば、できることならなんでもする」とまで言った。

木村はいつもと同じように平静を保ったまま一言だけ答えた。

「承知しました」

隣に座っていた有近の方が慌てた。

「えらいことになったぞ。艦隊司令部で部隊編制を決め、作戦命令で出してくれた方がやりやすいのだが……」

全権一任されると、自由に作戦を組み立てられる半面、責任の所在が明確になり、失敗した場合、全責任を背負い込むことになる。

責任はおれが取る

その後、高塚から引き揚げる人員や現状の使用兵力、燃料などの説明があった。

「先任参謀、早速計画準備にかかってくれ。いま話された以外にこちらから聞いておきたいことや、希望事項があれば、申し述べておくように」

木村の言葉を受けて、有近は気象専門士官派遣と、駆逐艦を十艦に増強し、そのうちの一艦は最新鋭でレーダー装備の「島風（しまかぜ）」を含むことを要望した。これに対し、第五艦隊は「電探を装備せる駆逐艦に乗艦陣頭突入を考慮し居られたるに付き、為し得れば『島風』の一時編入に関し特別配慮を得度」と連合艦隊に意見を述べ、承諾される。

最大速力四十ノット以上、十八ノットで六千海里、魚雷発射管十四門装備を条件に、ただ一艦だけ建造された高速の重雷装駆逐艦「島風」は撤退作戦には欠かせない艦艇である。

排水量は戦艦「大和」の二十分の一しかないが、馬力は半分程度とスピードに特化しており、昭和十八年四月七日の公試で日本海軍艦艇最速（魚雷艇除く）の四十・九十ノットを記録した。

さらに重視されたのはレーダー装置だった。視界ゼロの濃霧の中、米艦艇レーダー包囲網を潜り抜け、島に接近するには最新鋭の二二号電探と呼ばれた水上警戒レーダーが必要不可欠であった。建造時から装備されたのは「島風」以外では戦艦「武蔵」しかおらず、「島風」は「最新最強の精鋭駆逐艦」といわれ、艦長として広瀬弘中佐が乗艦していた。

アリューシャンの主といわれた有近は濃霧が発生するキスカ周辺の気象予測の重大さと、敵の動きを察知するレーダーの必要性を認識していた。作戦は敵の哨戒機が飛行できない霧を利用するしかなかった。阿武隈に戻ると木村が短く言った。

「とにかく至急、計画を立ててくれ。まず連れていく艦は何にするか。何を連れていくにもおれは先頭艦に乗って黙って立っているから、後は全部貴様に一任する。ただひとつ注意しておくが、責任はおれが取るから、決して焦るな。じっくり落ち着いて計画し、充分訓練してから出かけることにする。霧の利用期間はこれから二ヵ月もあるんだから」

陛下からの銃を捨てよ

準備の大半は有近にまかせていたが、木村は一つだけ頑なにこだわった。それはキスカ湾の滞在時間だった。

「湾内の作業が一時間で済まなければ、この作戦は必ず失敗する。絶対、一時間以内に完了せよ。私は一時間経ったら、作業を中止してでも出港命令を出す」

湾内に長く留まれば、敵の哨戒機に発見される可能性が高くなるのは当然だった。しかも収容作業の間は無防備だ。時間短縮にはいかに五千二百名を効率よく収容するかにかかっていた。

そのためには揚陸（ようりく）専用の大発を二往復するにとどめる必要があった。一隻の収容人員百二十名と計算して、キスカ守備隊が十隻保有しており、あと十二隻を持って行かなくてはならなかった。

巡洋艦は問題ないが、駆逐艦の場合、大発を海面に滑り込ませる装置がないため、急遽、甲板後部に滑り台のような架台（かだい）を取り付けることにした。

守備隊にも携行品は最小限となるように徹底させた。あろうことか、命にかけても手放すなと教え込まれていた三八式歩兵銃を含む携帯兵器を乗艦前に海中に遺棄するように陸軍に申し入れた。

しかし陸軍兵ならば、菊の御紋章が付いた三八式歩兵銃の重要さは初年兵のころから叩きこまれ、体に染み込まされている。外国の軍隊のように消耗品ではない。帯剣一本紛失しても重営倉か軍法会議ものである。木村はその銃を遺棄しろと迫ったのである。

「かしこくも陛下からいただいた銃を捨てられるか」と渋る陸軍に対し、キスカ島突入から乗艦まで一時間の猶予しかない。ガダルカナル島撤退の際、携帯兵器をそのまま持って乗船しようとしたため、将兵の行動が手間取り、出港も二分遅れ、撃沈された例もあり、木村はそのことを指摘し万一、海戦となった場合、甲板に機銃や歩兵銃が散乱していては足場が悪く、砲撃に支障を来すと譲らない。

紛糾した陸海合同会議は「軍の意向を伺ってからお答えする」と陸軍北方軍司令部参謀の田熊利三郎少佐が答え、いったん保留となった。

樋口が兵器遺棄を独断で下す

田熊はガダルカナル島撤退作戦を成功裏に終わらせ、栄養失調のためラバウルで静養していたが、キスカ島撤退には田熊の経験が不可欠と判断した上層部はラバウルから呼び戻し、北方軍司令部に赴任させた。

札幌で樋口と面会した際、土気色の田熊はふらふらと絶えず左右に揺れ、アッツ島

昭和18年７月７日、幌筵島の北方軍戦闘指揮所。前列左から左端が陸軍北方軍司令部参謀田熊利三郎少佐、３人目は北海守備隊参謀藤井一美中佐

玉砕の心労で痩せこけ、顔からだが変貌していた樋口でさえ、「この男に任せても大丈夫か」と不安になったほどであった。

しかし語り合うごとに樋口の信任を得た田熊は代理として幌筵島に派遣され、陸軍を代表し、作戦立案に関わっていた。携帯兵器放棄を保留した田熊は会議終了後、樋口に意向を伝える。樋口は弾薬、被服、糧食のうち、携帯兵器だけは携行するようにと指示した。

しかし、「海軍が強硬でそれでは折衝がつかないかもしれない」と田熊が伝えると、樋口が決断した。

「やむを得ざる場合は、放棄するを得」

樋口が「兵器遺棄」を独断で下す。

田熊同様、キスカ島の現状を報告するため幌筵島に帰還していた北海守備隊次席参謀の藤井一美中佐は回想で「銃を捨てることは海軍がいきり立って言ったために決定した」と海軍にねじ込まれ、陸軍側のプライドが傷つき、不満を露にした。

しかしながら樋口の独断により、「下士官、兵の服装は外套着用とし小銃を携行せず、着剣するも可」（アリューシャン作戦記録）と決まった。

後にこの樋口の独断が大きな問題となる。

「菊の御紋章が刻まれた銃が乗艦に際して、ことごとく海中に投棄されたということは天皇の軍隊として許されまじき大事である。しかも樋口は大本営の意向をきこうとはせず独断でした処置は僭越至極である」と囂々たる非難にさらされる。

樋口には陸軍の面子や形式よりも何よりも作戦を成功させなければならなかった。

人命を第一とする二人の将軍

「アッツ島放棄」を承諾する条件として、キスカ島撤退を強く進言し、いわばキスカ島撤退が失敗すれば、アッツ島玉砕は意味をなさなくなるのであった。樋口は書き残している。

――後日、大本営で議論沸騰したことを聞き及んでいる。しかし私は生存将兵を北方の守備にもちうることをより価値ありと信じ、そう決心し裁断した。大本営に請訓しなかったというが、このようなことは私の責任範囲において処理してもいいと考えたからである。

日本の軍隊には日清、日露の戦役から今日まで退却するにも武器を携行する習慣が身についている。建軍の精神からもそれが常とされていた。

欧米諸国の軍隊は、退くときには可能な限り身軽になって退却した。彼等は人命を第一とし、ほとんど戦場に遺棄していくのを常とする。

欧米の軍隊と日本の軍隊の差は私はそこにみる。兵器はつくれるが、人間はつくれない。ヒューマニズムの立場からすれば、人間第一主義というのだろう。

私はさらにこう考える。もしキスカを撤収させ、千島防衛に貢献せるを可とすれば、この作戦の唯一のキーポイントは海軍の要求を入れ、兵器を同島に残し、外見上敵に配置しているかのようにみせかけることこそが大きな意味を持つのではあるまいかと。

といって、私は退却・撤退作戦にあらゆる軍需品を無条件に放棄するのがヨーロッパ的文明作戦とはいわない。無論これは好ましいことではない。

だが、「孤島作戦」の特質として一歩誤れば、人も物も全部失ってしまうのだ。時として物の損失は許されるべきだろう。

「兵器はつくれるが、人はつくれない」と言い切る樋口季一郎。そこに「一兵も損せず、相手の殺傷もできるだけ少なくして、大きな損害を与えることは兵法の極意」と語る木村昌福が加わった。

面子や形式に拘泥せず、物資よりも人命第一」とする人道主義の将軍二人。キスカ島撤退作戦を遂行する陸軍の樋口と海軍の木村には相通じるものがあった。

海軍と陸軍の相互理解

峯木と秋山の陸海協調

米艦隊に包囲され、連日のように空襲を受けるキスカ島には陸軍北海守備隊司令官の峯木十一郎少将率いる二千四百名、海軍第五十一根拠地隊司令官の秋山勝三少将率いる二千八百名が配置についていた。

陸軍と海軍が共同歩調を取ることはどの戦場でも当然のはずだが、戦局の悪化に伴い、お互いのエゴがぶつかり合うようになり、足並みが乱れていったことは敗戦の大きな要因の一つである。

しかし、キスカ島撤退作戦の場合は違った。このため、潜水艦で行なわれた撤収作戦の際も、非戦闘員が最優先するのは陸海とも同じだが、定員が四十人の場合は陸軍二十名、海軍二十名と半々になるように考慮されていた。

樋口季一郎と木村昌福と同様に、現地の守備隊でも陸軍の峯木と秋山も互いを尊重し、足並みをそろえ、着々と準備に入っていた。両司令官はケ号作戦遂行に先立ち、現地陸海軍の意識の統一を再確認する五項目から成る細部協定を結んだ。

――北方軍及び第五艦隊では潜水艦輸送人員は陸海同数とあるが、陸海問わず患者と非戦闘員を先にし、その後に同数ずつ撤収する。

――潜水艦と並行し七月中旬までに水上艦艇をもって一挙撤収の要がある。

――敵来攻に対しては「一兵にても救出する」ではなく「死なばもろとも」の考えで決戦を行なう。作戦の目的はなるべく多く収容することではなく、全員の転進行動を完遂することである。

――水際作戦に徹し益々防備強化する。

――本作戦企図の部隊への伝達は最も慎重を要するので、陸海軍歩調を一にして行なうこととし、陸軍は六月十二日大隊長以上に、その企図とそれを絶対漏らさぬようにと注意だけを伝える。

陸軍を優先すると断言した木村

北方軍との打ち合わせ後、帰京した大本営陸軍参謀の近藤伝六(こんどうでんろく)少佐は帰任報告で、「駆逐艦、輸送艦は状況許すならば入れる。海軍の見方、潜水艦にキスカから二分の一を撤収し得れば最幸」と述べ、潜水艦で半分も生還できれば御の字であるとしている。

木村も作戦遂行後、「鳴神に突入して何程の将士を乗艦せしめ得るや実のところ確信なかりき。全部乗艦せしめ得れば、後は根拠地に到達し得ずも『成功』ともいうべき程の困難なる作戦」と記し、確信もできず、船に乗った後は生還できずとも仕方がないとみていた。

作戦遂行後、経過報告のため上京した峯木が、参謀総長の杉山元元帥が峯木に話した当時の心情を語った。

「撤収命令を出したが、あとは人力の及ぶところではなく、一に天命を待つよりも仕方ないと思いつつ退庁したが、足はひとりでに靖国神社に向かい社頭に額づいて成功を祈念した。終わって傍らを見ると、作戦部長と作戦課長が同じように額づいているのに気付き、みな同じ思いだったのだと感じた」

だれもが成算なく未曽有の撤退作戦遂行が決まったのだが、キスカ島陸海将兵五千二百名はアッツ島二千六百名の命と引き換えである。

北方軍も第五艦隊も現地のキスカ島守備隊も作戦成功のためにはでき得ることはすべて行なう以外に道はなかった。

撤退作戦実施前にキスカ島の現状を正確に報告するため、参謀を幌筵に派遣することを峯木が秋山に提案する。

現地の意向を考慮せず救援艦隊側で撤退計画を立案した場合、潜水艦での撤退の際のように現地に状況にそぐわないことが起き、迅速に乗艦撤退できない恐れがある。

そこで峯木は現地事情に明るい北海守備隊次席参謀の藤井一美少佐派遣を決め、秋山にも勧めたところ、第五十一根拠地先任参謀の安並正俊（やすなみまさとし）中佐を派遣することになった。このあたりも風通しの良さを表わしている。

潜水艦伊一五六で陸軍から藤井、海軍からは安並がキスカ島を六月十六日に出て、二十日に幌筵島に到着した。

キスカ島から潜水艦に乗艦する前、峯木は藤井を呼び、木村への言付けを頼んだ。

「今回の撤退作戦は海軍側の非常な努力によって実施されることになったが、アッツ島なき後、敵のキスカ島に対する封鎖はまことに厳重なものがある。撤退のため、キスカ島に接近すれば、敵艦隊と衝突することは必至である。その際は陸軍としては一兵たりとも撤兵を考えず、敵上陸部隊の撃破に任ずるから、海軍側は全力を挙げて敵艦隊の撃破に任じてもらいたい」

幌筵でも会議の席上、藤井はこの峯木の意向を木村に伝えた。打ち合わせ後、木村は藤井だけを別室に呼ぶ。

「撤退作戦中、敵艦隊に遭遇したときは掩護に任ずる艦隊の主力は撃破に任ずる。しかし撤退を主目的とする小生麾下の艦隊は一隻でも二隻でもキスカ島に突入させ、一兵でも多くの陸軍将兵に収容に任じたい。海軍部隊は同僚であるから遠慮してもらう」

陸軍を優先すると断言した木村の姿勢に深く感動した藤井は戦後になっても忘れられないと語っている。

同僚の海軍は遠慮してもらう

キスカ島から帰還した北海守備隊参謀の藤井一美少佐も木村の意向を理解し、「海軍側は撤退が主目的であるから陸軍を各艦十名位でも搭乗させて帰る。海軍の者は乗せなくともよい、敵と刺し違える艦は別にあるという空気であった」と語っている。「陸軍は一兵たりとも撤兵を考えず」と言付けを頼んだ峯木と「海軍は同僚であるから遠慮してもらう」と言い切る木村。後に藤井は「双方の相互理解と労る気持ちが陸海軍一体の協調作戦となりケ号作戦を成功させた大きな要因の一つとなったと思う」と述べている。

もう一つ派遣前、峯木は藤井に念を押したことがある。

「艦隊と撤退のことを連絡した後は、貴官は幌筵島に残り、作戦記録を作成してくれ。撤退のためキスカに帰任する必要なし」と言い、資料を手渡している。

部下の論功行賞（ろんこうこうしょう）などのため、キスカでの善戦の記録を残す必要があっただろうが、一人でも部下の命を救いたいという思いが強かったのではないだろうか。それほどにだれもが撤退作戦が成功するとは思っていなかった。

藤井は戦後、「峯木中将追悼録」に寄稿する。

――峯木司令官は撤収によって生還しようなどとは毛頭考えておらず、この作戦の成功は予期しておらなかった。作戦記録一切を私に持たせて幌筵に派遣したのはそのための目的もあった。私は幌筵にあって苦慮したが、作戦記録の携行はすでに終わったわけであるので、これからの整理は北方軍の田熊参謀に託した。

作戦記録の資料を手渡した後、海軍と行動をともにし、藤井は仲間が待つキスカに向かう巡洋艦「木曽」に乗り込んだ。

兵士の光となったケ号作戦

出撃準備

陸海二人の参謀が幌筵島に到着したのと同じ六月二十日、待ちに待った男が着任した。気象士官の橋本恭一（はしもときょういち）少尉だった。

九州帝大理学部地球物理学科卒業で、第一期兵科予備学生で海軍に入った。青年士官というよりも青年学徒といった雰囲気の初々しさだった。

「貴様はこれから一水戦に行って霧と戦争するのだ」

東京で辞令を受け取る時にそういわれ、送り出されたので覚悟はできていた。着任後、すぐに「阿武隈」の幕僚室に案内される。有近がキスカ島撤退作戦の概要を説明しながら、テーブルの上にキスカ周辺の海図を広げた。

「作戦の成否のカギはただ一つ。霧の利用にかかっている。そのため連続一週間の霧の予想が必要で、それを君に予測してもらうのだ」

不安顔の橋本を見て、有近は続けた。

「心配することはない。まだ準備に二、三週間かかる。その間に実地について十分勉強すればよい。君はあくまでも学理に基づいて予報を出してもらえばよい。責任ある最後の判断は俺がする」

敵の哨戒艦艇に発見された際、日本軍と煙突の本数が異なることを利用して、米艦隊に偽装する作業も行なわれた。

三本煙突の軽巡洋艦の一本を白く塗り、二本煙突の米巡洋艦ヒューストン型のように見せかけ、二本煙突の駆逐艦は一本仮設の煙突を付け、三本煙突に変えた。視界のきかない濃霧のなかでは、米艦隊が航行しているように見えた。

六月二十八日、作戦概要が決まった。

――出撃は七月七日幌筵出港、七月十一日日没後、キスカ突入。

使用艦は旗艦の軽巡洋艦「阿武隈」「木曽」と駆逐艦「島風」「夕雲」「風雲」「秋雲」「五月雨」「長波」「朝雲」「響」「薄雲」「初霜」「若葉」の十一隻、それに補給隊として給油艦「日本丸」、海防艦「国後」、応急収容隊として特設巡洋艦「粟田丸」と決まった。

この間、連日、訓練が行なわれた。この作戦では霧中の作戦決行となるため、濃霧の日に艦隊航行訓練や前の船が後続の船の目印になるように浮標を投下し追随する訓練、十数隻の艦艇が順次、補給艦「日本丸」から補給される訓練が実施された。

キスカ湾停泊後、上陸用舟艇「大発動艇（大発）」や「小発動艇（小発）」を使った収容訓練も徹底的に繰り返し行なわれる。

出撃に際し、第一水雷戦隊の旗艦「阿武隈」で各隊艦や司令や艦長、航海長と艦隊司令部から参謀長以下関係幕僚が参加し、打ち合わせが行なわれた。

木村は「五千二百名を一名残さず完全撤退する」「隠忍して好機を待ち、機至れば電光石火、敵の意表をついて実施する」「本作戦の結果は司令官が全責任をとる」の三つを強調し、再確認した。

明日は我が身

　五月二十九日のアッツ島玉砕以後、キスカ島守備隊の士気は急速に低下した。援軍も来ない、補給もない、ただ見捨てられたアッツ島の凄惨さを知れば、明日は我が身。「上陸してくればアメリカ野郎に一撃をお見舞いしてやる」といかに自らを鼓舞しようが、北海の孤島で死ぬのは明らかだった。すでに目の前である。

だれともなく、行李（こうり）の整理を始めた。当面、必要がないと思われる軍服や下着類、手紙、地図、筆記用具を惜しげもなく、ストーブにくべた。灌木（かんぼく）のたきぎを拾いに行く必要がなくなるほど、身辺整理の燃料が集まった。

「もう潜水艦の還送ももう終わり」「食料も乏しい」「艦船どころか、航空機も飛べない」。だれもが口数は減ったが、そんな噂話だけは減らなかった。

　周辺海域は米艦隊が包囲していることには変わりはなかったが、空襲は一時期よりも減り、爆撃機が思い出したように飛来し、気の向くままに爆弾を落とし、遊覧飛行のように悠々と飛び去った。それが大規模作戦前の静けさのようで不気味だった。

　それでも時折、潜水艦が到着した。傷病兵や決戦の際、足手まといになる飛行場の設営隊などの軍属や工員が撤退していった。

　小林新一郎（こばやししんいちろう）軍医長も「最初にキスカに足を踏み入れた舞鶴鎮守府第三特別陸戦隊は殿（しんがり）隊となり、キスカ戦の最後を飾って花と散る運命を担わねばならないと心の奥底に深く観念し、私と最後まで運命を共にする医務隊員の人選を考えていた」と述べている。

非戦闘員を地上戦に巻き込むのは忍びないという気持ちはあっても、みんな目を背け、その話題をそらせた。

工兵や傷病兵を撤退させ、すっきりと戦闘員だけの精鋭部隊となり敵を迎え討つという玉砕は覚悟していたが、妬む気持ちはなくとも、帰還する姿を見てしまうと感情が制御できない。潔く死ねない。「一死君国に殉ずべし」とどんなに理解しても、心中は泡立った。

守備隊将兵にとって、潜水艦が内地に輸送してくれる葉書を書くのが楽しみだった。いつどの手紙が「遺言」になるかわからない。一枚一枚、自らの死を胸底に、両親に兄弟に恩師に親友に心を込めて書いた。

手紙には軍事上の機密で「日付」「場所」も入れることができない。家族のもとには何通もの、差し出し場所も日時も特定できない「遺言」が届いた。絶海の孤島。それも敵国、米国領からの「遺言」だった。

見出した希望

六月に入り、このころから、「ケ号作戦」なる言葉が兵士の口の端に上るようになった。「斬り込み隊だろうか」「最後の切り札があるんだ」。海軍守備隊から離れた陸軍でもそれぞれに期待を膨らませる。電信を常に聴いている小野打はガダルカナル撤退と同じ「ケ号作戦」であることはうすうす感づいていたが、重要な作戦であることは承知しており、仲間内でも話をすることはなかった。

陸軍守備隊司令官の峯木十一郎と海軍守備隊司令官の秋山勝三は六月十日、大隊長以上に伝達したが、作戦を漏らすことは厳禁とした。しかし、噂は流れた。

作戦を漏らすことは断じてならないし、大隊長が漏らしたとも考えられないが、小野打のようにうすうす気づいただれかが、悲壮感漂う仲間を見かねて、「『ケ号作戦』というのがあるから、生還できるかもしれないぞ」という声をかけたのかもしれない。それがどこかに希望を見出したかったところに差し込んだ光だった。噂は一気に広まっていった。

峯木と秋山は相談し七月四日、陸海一斉に撤退作戦概要と各隊の行動概要を発表する。

——撤退では一兵も残さないこと。

――我が方に敗戦感を持たせ、敵に優越感を起こさせることがないように目的意識を徹底させ、余裕ある行動をし、撤退後の状況も整然たらしめること。

――状況急変の場合、臨機万全の対応ができるように準備すること。


集められた各指揮官に対し、この三点を挙げ、作戦成功に全力を傾けるように命令。特に「一兵も残さない」という部分を強調した。

この日、濃霧の幌筵海峡では木村率いる救援艦隊が最後の訓練に臨んでいた。

連日続いた作戦中止

出撃前夜

出撃が間近に迫った七月二日、主計長の市川浩之助(いちかわこうのすけ)大尉は木村に呼ばれた。

「主計長、人事考課表推達の準備は大丈夫か、各艦から書類は届いているか」

大作戦の前にそんな書類のことか。市川は戸惑ったが、すぐに木村の真意を悟った。いかに多忙なときでもなさねばならないことは的確に処理しなければならない。特に人事は士気に大きな影響を及ぼすから手落ちがあってはならない。そう感じ取り、書類の準備が遅れている駆逐艦二隻に督促した。

木村に関し、二つのことが表われている。いったん出港すると生きて戻って来られないかもしれない。であるから最後まで仕事は手を抜くなという「艦乗り気質」。もう一つは指揮官としての責任感だ。的確な人事評価ができない上司は部下からも信頼されない。軍隊は巨大な官僚組織であり、人事評価はまこと重要である。評価する方は数多くの部下をみるため、いい加減になりがちだが、評価される方は一人だ。評価を疎かにしては指揮官として失格だと中間管理職の主計長にも知って欲しかった。鷹揚なようでも、きめ細かい一面が垣間見える。

キスカ島から作戦記録を峯木が参謀の藤井に持たせ、幌筵島に派遣したのも同じ意思である。

出撃日の最終決定は霧の予測次第だ。データは幌筵島とキスカ島、それと暗号を解析し、着任した気象士官の橋本恭一少尉が中心となり、出撃からキスカ周辺に到着する三～四日後の海霧の状況を予測しなければならなかった。

橋本は十～十一日が突入の「適」と判断、逆算して出撃日は七夕の七月七日と決定する。キスカ島守備隊五千二百人と出会うための出撃にふさわしい日が選ばれた。

七日の出撃前、「阿武隈」に救援艦隊の各指揮官が集合、木村が訓辞を行なった。

「今回の作戦は各種困難なる事情の下に決行せらるる窮余の策でありますが、幕僚諸君が周密なる計画を立て、諸君また鋭意これに従いて完成され、本日出撃することとなりました。古語に『千慮無惑（せんりよむわく）』という句があります。練りに練った籌画（ちゅうかく）であります。これを基礎として後は臨機応変、軍人精神と我が伝統の腕前をもって解決するので、いささかも惑うところはないのであります。各員の奮闘努力によりまして成功を確信しています」

陸軍内では「五割撤退できれば大成功」、海軍内でも同様の意見だった。現地のキスカの海軍守備隊との打ち合わせでも、「半数で大成功なので、救援艦隊は余裕を持って、六割撤退に備え、準備してください」とキスカ島守備隊から申し出があるほどだった。これに対し救援艦隊はあくまで「全員撤収」にこだわり、準備を進めた。

私物はかばん一つのみ

出撃に際し、艦隊全体に悲壮感は皆無だった。司令官以下全員の相互信頼と五千二百名救出という使命感が部隊に浸透していた。

木村の訓辞の後、分隊に戻り分隊長が最後の訓辞をした。主計長の市川はこう結んだ。

「人事を尽くして天命を待つという言葉を大切にしよう」

すると、部下がいった。

「主計長の部屋にある色紙の言葉ですね」

部隊全体が緊張感と使命感、いい雰囲気のまま目指すはキスカ島。木村の日記である。

——七日一九三〇出撃予定航路を行く。

キスカ島守備隊の受け入れ準備は慌ただしい。

各自の私物はかばん一つと厳命されている。すでに、アッツ島玉砕で身辺整理は済んでいたはずだったが、捨てきれずに取っておいた物もある。つらい戦地で慰めてくれるのはだれもが故郷からの手紙だった。戦地記録などをかばんに詰め込むと、入る場所がない。大切にしていた写真や手紙を一枚一枚捨てながら焼いた。かばん一つだけとは、命を賭けた旅路にしては身軽だった。

三八式歩兵銃などの携帯兵器については乗艦まで携行するが、別の命令があるといわれていた。全員の整理が進むと、兵舎がガランとし、空襲と極寒に耐え、一年以上過ごしたキスカを離れるときが近づいたことを実感する。

難しいのは撤退に成功した場合と不成功に終わり今後、さらに駐屯し敵と一戦交える場合の二つの事態を想定しなければならないことだった。

このため武器庫や高射砲、食料庫などは敵が上陸した際に再利用できないように時限爆破装置を仕掛けた。上空から兵士がまだいるように偽装するため、古い軍服を着たかかしがあちこちに立てられた。

突入予定日の前日、十日には島の西方で監視活動を行なっていた陸軍部隊が撤収を始めた。海軍は収容部隊が入港して来るキスカ湾周辺に配備されていたが、陸軍守備隊は高射砲部隊などが山中に配備されており、即座に対応できるように突入日前日から徐々にキスカ湾に近づく計画になっている。後は十一日の入港を待つのみだった。

霧の予測

十一日早朝、山中の浪華台で守備についていた陸軍高射砲隊の電話が鳴った。

「行動開始。十五時乗艦地集合。終わり」

全員が電話のベルで飛び起きた。待ちに待ったこの時が来た。生死を分ける撤退作戦が始まった。身辺整理をして身軽になっている、全員がすぐに準備完了。最後に合流する手はずの十人を残して、キスカ湾に急行した。約六キロ、雪が積もる七夕峠を越えるため、二時間はかかる。七月のキスカは午前二時でも白夜のようにほのかに明るい。ガスが出ている。これでは敵機も飛べない。安心してキスカ湾に向かった。幌筵の若き気象士官の橋本が「阿武隈」艦橋に詰めっきりで天気図を広げている。

第五艦隊司令部の気象士官が十日、キスカ島周辺の気象を送ってきた。

――十日夕方から霧深くなり、十一日は霧または霧雨、十二日は霧少なくなる

司令部気象士官が予定通り十一日の突入は「適」であると予測した。

しかし、キスカの東海域に近づいている「阿武隈」の橋本の予測は違った。

――キスカ島の気圧上昇、高気圧発達、現地（待機海域）低気圧通過して気圧上昇、途中キスカ島とも霧なし

木村は十一日突入を断念し、突入日を十三日に延期した。

救援艦隊は十一日、補給船「日本丸」から燃料補給を受けた後、哨戒機が飛行する

米軍の航空基地があるアムチトカ島の五百海里圏内に入らないように待機していた。

この日のキスカ島周辺は視程十キロから十五キロ、曇り薄霧で米艦隊が七夕湾を砲撃した。

予定通り突入していれば、米艦隊の餌食となっていた。

現地のキスカ島の海軍気象班も予測と現地気象を幌筵の司令部と木村の救援艦隊に逐次、電信している。

――十二日夜　並霧

――十三日　濃霧、霧雨

――十四日　霧

キスカ気象班は「十二日夜以降、いつでも突入して来てください」といわんばかりの絶好の霧予測を打電してきた。

濃霧という天候がなぜ来ない

十二日、駆逐艦四隻の補給が終わると、再び東に針路を変え、キスカ島に向かう。

——薄霧あるがごときも視界良好、高気圧去らず気圧はなお降下しあらず

延期した十三日、橋本はまたも霧は少ないと予測した。

——明日は天候曇り程度にして利用し得べき霧なし　なお敵情は十一日、十二日の情況より見て極めて厳重　十三日突入は飛行機による被発見の公算極めて多し。

木村は発見の可能性が高いと日記に記し、突入日を十四日に延期する。

十三日の天候は濃霧で、キスカの天候はキスカ気象班の予測が適中している。しかし、この日、キスカ湾東海上に米駆逐艦と小型艦艇が哨戒しているのが発見された。

この間、陸軍守備隊は毎日、今日こそはという思いを抱き、山中の陣地からキスカ湾まで片道二時間の道のりを歩いた。

十五時入港予定のため、午後十二時半ごろ出発、海を見ながら待機。「本日作戦中止」の知らせが入るのが午後八時。行きは希望があるからまだよいが、帰りの道中は長い。ツンドラに足を取られ、靴が滑る。体も重いが、心はもっと重い。連日、濃霧

という天候なのになぜ来ないと思うとますます心が重くなった。

「もう日本には艦隊がないんじゃないか」「アッツの二の舞になるのか」。ふくらみに膨らんだ期待が一気にしぼんでいく。

明るかった「阿武隈」艦内にも重苦しい雰囲気が漂ってきた。気象を予測している橋本、突入の判断を下す有近、決断する木村。「今日こそは五千二百名を救いたい」という思いの中で足踏みをする心中は察してあまりある。「木曽」や各駆逐艦艦長から木村の決断を迫る発光信号が次々に届く。

――十四日、キスカ付近の天候は本日と大差なく淡霧程度で視界は相当良好

しかし十三日、橋本またも視界良好と予測。このため突入日をさらに十五日に延期した。十四日は台風が接近、海上は時化模様となり、午後からは風も弱まったが、霧が発生してきた。午後二時五十分、十六ノットに増速しキスカ島に向かった。艦内では「明日は決行するのでしょうね」「早くキスカに行ってやりたい」との会話が出て、早く肩の荷を下ろしたい気持ちはだれもが一緒だった。

十四日午後八時になって、キスカからの報告を受信した。

――敵味方不明の艦船多数東海上にあり、一部七夕方面を砲撃中、行動を中止す

突入す

木村は守備隊が撤収作業を中断し防備体制も戻ったと判断したが、残りの燃料から計算すると、十五日が最後のチャンスだ。突入に成功しても守備隊の態勢が整っていない場合、迅速に乗艦できない場合もある。第五艦隊司令部から何の命令もなく、有近ら参謀も判断を下しかねている。木村は即座に打電させた。

――ス・ス・ス

十五日午前二時、キスカ島電信室に入電した。「ス」の三連打。当番の電信兵が当直下士官に電信紙を渡すと、電信室に歓声が上がった。小野打もその一人だった。

「待っておりましたからね。そりゃ嬉しかったですわ。みんな喜んでね」

「ス」の連送は予め決めていた「突入す」の暗号だった。

「五艦隊より『ス』の方法を命じ来る　よりて〇二〇〇、〇三〇〇『ス』を打つ」

木村の日記に残している。この日は台風の影響で雨が降り続き、霧も出ていた、だれもが入港を確信していた。第五十一根拠地参謀の山本壮吉大尉も「七月十五日雨、霧深くして絶好の日和なり、本日、入港を確信す。〇三〇〇『ス』連送を聞き、胸を撫で下ろす」と書いている。早速、五千二百名全員に知らされた。

――〇〇〇〇曇り、海上淡霧、山中霧、視界三メートル

――〇三〇〇並霧、糠雨、最大視界十メートル

――〇六〇〇曇り並霧、視界二―十メートル、本日現状続く

キスカ気象班の電信によると、時間を追うにつれ、天候が回復、視界は開けてきている。救援艦隊もキスカ島まで百五十海里まで近づいたが、この海域でも視界二十〜三十キロ、太陽も二度雲間から顔をのぞかせ、水平線もはっきり見えるようになってきた。

帰ればまた来ることができる

「阿武隈」の艦内は異様なムードに包まれていた。

――キスカ及びアムチトカは一二〇〇以後、霧はなく時々晴れ

十五日午前九時、艦橋では橋本が作成した午前六時の天気図を木村を中心に話し合いが続いた。現在は米哨戒機が飛行していなくとも、米軍の飛行場があるアムチトカ島の天候回復で今後は飛行する可能性が高い。

有近らが木村の顔をのぞき込むようにして、橋本に質問している様子をうかがっている。

――五月雨駆逐艦長より司令官へ　本日突入至当と認む

――島風駆逐艦長より司令官へ　本日をおいて決行の日なし　ご決断を待つ

周辺の駆逐艦から発光信号や手旗信号で闘志あふるる意見具申が木村宛に送られる。読み上げる幼顔の信号兵の声もいつもよりも甲高くなっている。

信号が来る度に艦長の渋谷紫郎（しぶやしろう）大佐らが木村の顔を覗き、駆逐艦長と同じように決断を下すのを待った。木村は天気図を見据えて、一言も発しない。橋本は直立不動の

姿勢で傍らに立ち、質問を待っていた。再度、木村が今後の予想を質問した。

「当隊がキスカ南西端に到着する一五〇〇ごろはキスカ島南方及び西南方は視界良好、もちろんアムチトカ島基地も飛行適」

橋本の答えは変わらなかった。木村は目を瞑り、じっと考え込んだ。艦橋にいる全乗員が固唾を飲んだ。どのくらいの時間が経っただろう。木村はきっと顔を上げ、有近の方を向いた。

「先任参謀、帰ろう」

艦橋全体が息を呑むように静まり返った。すぐに有近が反応した。

「わかりました。ただいまより幌筵に帰投いたします。艦長お願いします」

渋谷艦長が穏やかな口調で航海長に反転、幌筵に向かうように指示した。キスカ島西南方わずか百五十海里（約二百七十キロ）で、「阿武隈」の針路が西に変わる。

木村はだれに言うともなく呟いた。

「よし帰ろう。帰ればまた来ることができるからなあ」

明確になった作戦達成度の違い

来なかった救援艦隊

――ミ・ミ・ミ

ミが三つ続く。十五日午後一時十五分、キスカ島海軍電信室に入電される。「ミ」の連送は「突入不能」の暗号だ。悲鳴ともうなり声ともつかない声が起き、電信室内は騒然となった。ただちに幌筵の第五艦隊に「決行の有無」について問い合わせをしたが、すでに救援艦隊は反転した後だった。

第五艦隊司令部は午後一時二十五分、電令第三三四号を発した。

――水雷部隊、補給隊、粟田丸は幌筵に帰投すべし　極力燃料節減　秘匿に努むべし

キスカ島全体が北太平洋の深い海に沈んだ。突入予定の七月十一日から毎日、「今日こそは今日こそは」と陸軍将兵は陣地とキスカ湾を往復した。薄汚れた髭面でもハレの舞台のため、予備に持ってきた新品の軍服を着こみ、新兵のように救援艦隊を待っていたのに……。五日間はだれもが自分の中で期待と落胆、切望とあきらめ、生と

死を行ったり来たりの繰り返しだっただけに最後の落胆はあまりにも大きい。小野打も同様だった。

「もうだめだ。アッツ島と同じように玉砕するしかない。だれもそうは言いませんでしたけど、みんなそう思っていました。気持ちの糸が切れたんですわ」

だれも声を発する者もいなかった。ただ物憂げに兵舎に寝転がり、ごろごろするだけだった。

夜になり、食事になったが、撤退の際、貯蔵していた食料を渓流に流して廃棄したこともあり、飯だけが並んだ。話をする者もなく、ただただ飯を口に運ぶ。生への道が見えていた五千二百名守備隊からみるみる生気が失われていく。

——各隊各自、戦闘態勢に復旧せよ

下令され、埋めていた砲弾や銃器を再び使用できるようにする作業や兵舎の復旧などやることは山のようにあったが、士気は上がらない。いったん、撤収と決まった後、再び戦意を高めることは困難だった。

撤退作戦の失敗後、いままでにはない呑気な光景があちこちで見られるようになった。相変わらず、空襲はあったが、その合間に草原に寝転んだり、花を眺めたりする姿があった。小野打も空襲が来ても、防空壕に逃げ込まず、敵機を眺めた。

「どうせ死ぬなら、一発で死んだ方がまし。撃たれてもいい」

焦燥感を通り越し、あきらめの境地に達する。絶望感から自殺した将兵もいた。

木村への批判

キスカ島気象班の「突入適」という予測に反して、救援艦隊が慎重な姿勢に終始したことを知っているキスカ島守備隊の間には木村に対する批判が渦巻いた。

防衛庁戦史室が編纂した戦史叢書でさえ――一水戦司令部の判断は天候判断が第五艦隊司令部あるいは五一根司令部（キスカ）と異なっており、全般的に極めて慎重であったといえよう――と書かれている。

キスカ島の海軍参謀の山本壮吉大尉は激しい調子で優柔不断と木村を批判している。

――当地の天候、敵情ともに近来なきこと縷々通報せり。敵艦及び敵哨戒機付近には絶無にして、百％の成功を望むがごときは平時のおいても至難なるを、戦時においてなおかつこれを望むは将たる器に乏しというべし。これを要するに作戦の不成功は指揮官の決断力なかりしが唯一の原因とす。将来もって戒となさん。

「将たる器に乏し」とも言ってのけた山本は水戦司令部宛に早期の再度決行を促す電信を打った。

――作戦不成功により心物両面に与えた影響は極めて大にして、なるべく早期に再挙決行を要す、特に士気昂揚に関しては極力指導中

海軍守備隊司令官の秋山の日記にも落胆の心情が端的に記されている。

――七月十五日　十三日、十四日、十五日の好機を失し遂に中止となす。

撤退作戦は海軍主導で実施されており、キスカ島で陸軍と緊密に協調している現地海軍にとって、友軍の陸軍の手前、断じて行なえば鬼神も避くの気構えで突入してもらいたかったという心情になるのは致し方ない。

行けば成功していたかもしれない

それに対し、陸軍はどうだっただろうか。北海守備隊司令官の峯木が戦後、甥の峯木昭三郎に送った手紙に延期された当時の心境を書き綴った。

――最初から本作戦は陸軍側としてはなんら主導権を持たず、海軍側に依存するだけで、いわば他力本願なのだから、全幅の信頼を海軍に置き、陸軍としては努めて海軍の行動が円滑に行なわれるよう万全の処置を講ずるとともに一兵も残すことなく撤退できるように綿密な注意を払うだけで、その結果は天運に委ねるしかないものと覚悟を決めていた。

撤退一時延期の報に接したとき、一部の部下から海軍に意見を具申するように言ってきた者もいたが、海軍側もあらゆる努力をもって最善の方法を採っているのだから、信頼し安心して天命を待つように説得した。

そこで待機の間、毎日、釣りをしたり、全島に咲き乱れていた高山植物の花を採取して、努めて平静を装っていたが、そのうちに部下も自然と落ち着きを取り戻し、従前と変わりない日課を送るようになった。

帰投を決めたのが十五日午前九時だが、突入不能の暗号「ミ」を連送したのは午後一時十五分と四時間の時間差がある。

反転して針路を幌筵島に向けた時に先任参謀の有近が電信を申し出た。

「キスカ島の守備隊に作戦中止を知らせます。陸軍部隊は毎日数キロの道のりを歩いて不憫ですから」

木村はいつになく、厳しい口調だった。

「それはいかん。いま電波を出したら敵に我々の意図が察知されてしまう。この作戦はまだ終わっていない。いましばらく辛抱してもらおう」

午後四時、「音楽遊戯許す」の命令が下った。まだ敵の哨戒圏だったが、艦内の雰囲気を一掃する狙いだった。

幌筵に帰投した後に再度、今回の作戦中止を振り返って日記に書いている。

――十五日　〇二〇〇頃曇りとなる鳴神直距離百八十海里　〇四〇〇頃視界十五―二十キロ　〇二〇〇三〇〇『ス』を打つ。

――〇九〇〇まで頑張り行きたるも視界ますます開け……反転百五十海里再挙を期す。

——〇五〇〇及び〇八〇〇太陽を天測をなす。

——結果はこの日航空機飛ばざりき。

十五日は視界良好でアムチトカ島航空基地は「飛行適」との判断で帰投を決めたが、実際には敵の哨戒機の飛行がなかったことがわかり、木村の心は揺れている。口には出さなかっただろうが、「行けば成功していたかもしれない」という若干の後悔の念が「飛ばざりき」という言葉に凝縮されているのではないだろうか。

突入しなかったことへの苛立ち

第五艦隊司令部は七月十七日、軍令部と打ち合わせした際、「現在は最大兵力を充当しあり一挙撤収作戦、いま一回全力撤収作戦を実施す、断行」という文章が残っている。防衛庁戦史部が当時の状況を解説している。

——アッツ島玉砕で陸軍に対し、苦しい立場にあった海軍としては北方部隊の断行を切望していた。

アッツ島に救援艦隊も増援部隊、補給さえ行なえず放棄に至ったことで、陸軍に対する負い目も面子もあり、軍令部はキスカ撤退作戦を実施しなければならない立場だった。しかし、それは「一兵残らず撤退」ではなく、「最大限の努力で実施」「突入断行」に官僚的意義を持たせていた。

そのため第五艦隊司令部には軍令部の強い圧力がかかり、作戦延期後、すぐに軍令部から叱責される。

キスカ島守備隊と同様に「なぜ突入しなかったか」という不満が強かった第五艦隊司令部参謀長の大和田昇少将は「第一次の際は水雷戦隊胆なし」と切り捨てる発言を残している。

「阿武隈」が幌筵の向かっている途中、十六日正午、第五艦隊司令部からの電報を受け取った。

——阿武隈は単独先行幌筵に帰投せよ　着予定中波にて知らせよ

旗艦「阿武隈」だけ速力を上げて、帰って来い。しかもそれも敵に察知されやすい中波を使って連絡しろという理解しがたい連絡であるが、救援艦隊の反転帰投を不本意とする第五艦隊司令部のいら立ちを如実に表わしている。

非難囂々にも平然

十七日午後三時三十分、「阿武隈」は幌筵に帰投する。不満が蓄積している幌筵島は針の筵だった。

「一水戦は臆病風に吹かれた」

「断じて行なえば鬼神も避くだ。リスクを冒さずしてこの作戦ができるか」

「燃料の逼迫もわからないのか」

悪評、酷評、批判、陰口がいやでも耳に入ってくる。有近はついに第五艦隊の大和田参謀長とやり合った。

「哨戒機がなんだ」

「司令官不信ですか」

「いや司令官は十分に信頼しているよ」

「それでは先任参謀の補佐不十分ということ、それほど不信ならば、先任参謀を罷免してもらいたい」

「いまさらそんなことできるか」

「それなら一水雷戦隊が健全な限り黙っていただきたい」

幌筵島には不穏な空気が漂っていた。それでも木村は知ってか知らずか、いつも通り平然と、釣りをしていた。

木村の救援艦隊と幌筵の第五艦隊、キスカ島守備隊の間で、「突入」に関し、なぜこれほどまでの差があるのだろうか。

実行部隊の救援艦隊と、「一刻も早く帰りたい」という守備隊、暗号でのやりとり以外は想像を巡らせるしかない第五艦隊の立場や距離の違いよりも、作戦成功は全員撤退の救援艦隊と、突入していれば全員とはいえないまでもある程度の成果は得られたと考える守備隊、第五艦隊との作戦達成度の違いだった。

優柔不断という印象を残した木村に対する第五艦隊司令部の姿勢は再度、突入する第二次撤退作戦の態勢で明確になった。

第五艦隊司令長官の河瀬四郎中将が乗艦する軽巡洋艦「多摩」に将旗を移し、救援艦隊に同行し突入前日の午後十時まで「長官直率」が決まる。

「今度こそ突入断行」と軍令部や連合艦隊司令部から要望されている第五艦隊司令部としては何としても応えなければならない立場だった。しかし実施部隊の救援艦隊を不信任と捉えられても仕方がない。

神にもすがる心境

十九日午後九時、救援艦隊の艦長や参謀が出席した幹部会議が「阿武隈」艦内で開かれる。会議では長官直率に対する不満が爆発、過激な意見が相次いだ。

「直率するならば突入、撤退と最終目的達成まで指揮しないのか」

「突入の判断と号令をかけるだけのために前日の夜まで同行し、あとは退いて突入部隊の収容に備えるというのでは、救援艦隊への不信により、自軍を後方から監視し命令なしに退却すれば攻撃を加える督戦隊そのものだ」

前日の天候で突入の判断はできないことを身をもって経験しているため、「前日に決定できるか」「長官はなぜ最後まで同行しないのか」の二点につき、第五艦隊司令部への批判が次から次へと出た。

食事をするキスカ島の海軍搭乗員

帰投した幌筵島での自分たちに対する冷たい仕打ちと、木村に対する当てつけの「長官直率」に激高した幹部は「木村司令官のために死のう」と異口同音に言った。激論は続き、終わりが見えなかったが、じっとみんなの話を聞き、無言だった木村が一言、「わかりました」というと、すべてが決着した。

第一次撤退作戦が不成功に終わったことで、相互不信のほころびが見えかけていたが、「水雷戦隊胆なし」と腰抜け呼ばわりされたことで、木村の下で一つにまとまり、上下ともに「次の作戦は成功させる」との意を強くする結果になった。

木村の日記には「長官直率」などの事項はなく、いつものように会議の要点のみだが、ひとつだけいつもと違うところがある。

――中村昇　断行せざりしは遺憾。

駆逐艦「五月雨」の艦長発言を書き残している。中村は洋上でも発光信号で幾度も木村に突入の催促をした。第五艦隊の仕打ちは意に介さなくとも、同じ「水雷屋」として信頼している部下の言葉は心に引っかかるところがあった。

「七日出撃十七日帰投幌筵」の横に五言絶句（ごごんぜつく）がしたためられている。

――濃霧覆天暗（濃霧天を覆うて暗し）
　怱忙不貸時（怱忙時を貸さず）
　傷心征戍士（傷心征戍の士）
　独恃百神慈（独り恃む百神の慈）

征戍は僻地で守備につく兵士のことで、霧が覆う薄暗いキスカ島にいる五千二百名の心情に思いをはせ、木村は神にもすがる心境で決意を新たにしている。

第5章　今度こそキスカ島へ

キスカ島に再出撃

米軍のレーダー探知

七月二十二日午後八時十分、幌筵島を再出撃。突入予定は二十六日である。

第一次作戦との違いは将旗を掲げた軽巡洋艦「多摩」が同行し、第五艦隊司令長官の河瀬以下、大和田参謀長、気象長など幕僚が乗り、救援艦隊の旗艦が「阿武隈」から「多摩」に変更されたことと、陸軍の高射砲を「阿武隈」と「木曽」の後部甲板に装備、隊員十人ずつが乗ったことだった。

翌二十三日、視界一キロ以下の濃霧。遅れていた補給隊の給油艦「日本丸」と海防艦「国後」が前の艦からロープでつながれている目印の霧中浮標を見失い、隊列から離れてしまった。

「日本丸」とは連絡は取れているが、位置関係が把握できず、「国後」はまったく連絡が取れない状態だった。

二十四日午後三時、両艦が依然、隊列に加わっていないため、木村は危険ではあるが、「日本丸」と連絡を取りながら、新たに戦列に加わった陸軍高射砲隊の試射を兼

救援艦隊の旗艦となった「阿武隈」

ね、高射砲を発射し、音が聞こえた方向に誘導することにする。四十分後、「日本丸」を発見、あとは「国後」だけだった。

「阿武隈」では「日本丸」発見を慶事として、夜食におはぎを出すと、木村は「これはうまい」とヒゲを持ち上げながら、食べる。高射砲隊員が「陸軍ではこんなにおいしい夜食はありません」と喜ぶ。主計長の市川が「馴れない航海に船酔いしながらも張り切って訓練に励む姿はまことに健気であった。きっとキスカ守備隊収容に向かう大作戦に陸軍代表で参加している使命感に燃えていたのであろう」と述べている。

今回もキスカ島から報告のために帰り、峯木から「戻ってくる必要なし」と命令された北方軍参謀の藤井一美少佐が第二輸送隊の巡洋艦「木曽」に乗り込んでおり、陸海ともにいい雰囲気のままの第二次作戦だった。

この日、米水上飛行艇コンソリデーテッドＰＢＹカタリナがキスカ島南西三百十五海里に七個のレーダー映像を探知したと報告する。

米軍は暗号の傍受解析ですでに「日本の第五艦隊は千島の基地を出港し、数日洋上にあった。西経の日付で七月二十五日（日本時間二十六日）か二十六日（同二十七日）、キスカ増援を試みるであろう」と予測していた。

七隻の艦隊とみられるレーダー探知はキスカ増援を裏付けする確信材料となった。それが数日後の米艦隊の誤探知の伏線になるとは救援艦隊も米艦隊も知る由もなかった。

霧の状態は満点

二十五日、アッツ島とアムチトカ島の敵機が飛行できる哨戒圏五百海里から出て順次、「日本丸」からの燃料補給を受ける。

午後五時、「阿武隈」「朝雲」「響」の三艦が米海軍の共通呼び出し符号「ＮＥＲＫ」を米潜水艦用電波四千二百三十五キロヘルツで傍受する。午後八時、「多摩」が二百九十度―三百三十度方向に米潜水艦のレーダー映像を探知し、警報を発する。

二十六日も相変わらずの濃霧。視界は三百メートルしかない。各艦の距離五百メートル前後を保ち航行中の午後五時四十四分。「阿武隈」艦橋で見張員長が叫んだ。

「右七十度、黒いもの」

木村は間髪入れずに大声で命令した。

「戦闘」

声が全員に届くか届かないうちに、右舷後方でガシンと激しい衝撃がした。

「防水」

連絡が取れなかった「国後」だ。突然、霧の中から姿を現わし「阿武隈」に衝突したのだった。幸い、両艦ともに損傷は小さく、作戦続行に支障はなかったが、事故の影響で突入予定日が二十九日にずれ込んだ。

事故後、「阿武隈」では有近が「申し訳ありません」と木村に頭を下げた。

「心配するな、不可抗力だ。任務行動に支障がないし、人員のけがもなかった。それよりもこれからが大切、この調子なら霧は満点、がんばってくれ」

木村は周囲に言い聞かせるような、大きな声で言った。

「これだけの事故が起こるほどだから霧の具合は申し分ないということだ。結構なことではないか、なあ艦長」

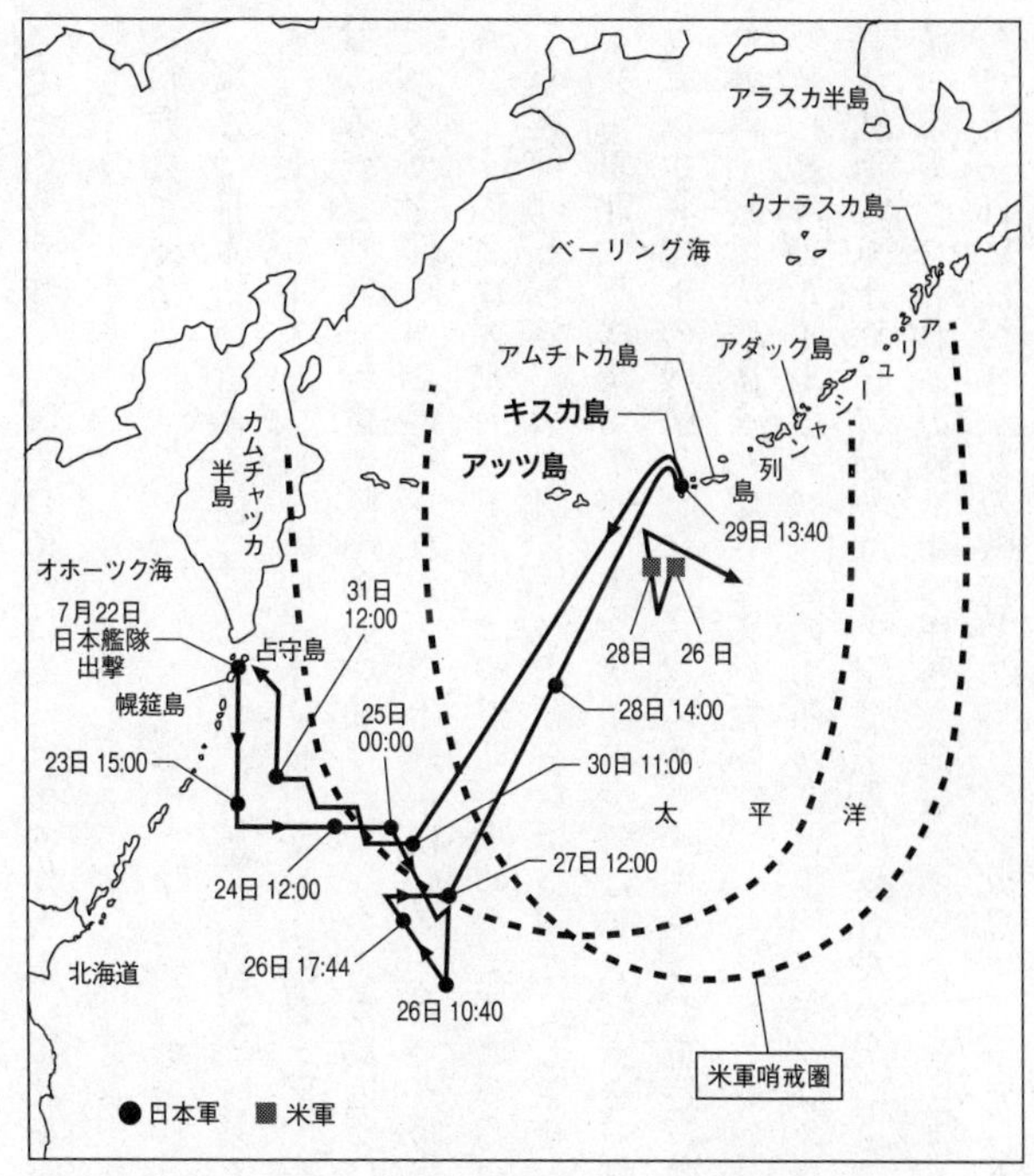

「阿武隈」の損傷箇所は烹水所付近だった。水雷長の石田捨雄（いしだすてお）大尉の狂歌が士官室黒板に書かれた。

――銀蠅（ぎんばい）に舌鼓打つ主計長　あっと驚く国後のバウ

銀蠅はつまみ食いのことで、市川主計長がつまみ食いをしているところに国後のバウ（艦首）が飛び込んできたという意味で、緊張の極みにあるはずの作戦中の事故を明るく笑い飛ばす。

味方打ちか？

米軍は日本軍の電信を傍受し、暗号解析をした結果、「第五艦隊は千島を出港し、西経の七月二十五日（日本時間二十六日）か二十六日（同二十七日）にキスカ増援を試みる」と判断、救援艦隊の動向を知りつつ、キスカ島近くに来るまで泳がせていた。キスカ守備隊から電信された「二十六日は好適」という暗号電信を正確に解析、さらに二十四日に米飛行艇ＰＢＹカタリナが七隻の艦隊とみられるレーダーを探知し、その裏付けとして、二十四日に潜水艦を救援艦隊に接近させ、確信を得ていた。

米海軍北太平洋軍司令官のキンケイド少将は第五艦隊を一気に仕留めるため、ギッフエン少将麾下の戦艦ミシシッピ、ニューメキシコ、重巡洋艦四隻、軽巡洋艦一隻、駆逐艦七隻の大艦隊を出撃させていた。

救援艦隊のルートはキスカ島の南西からと推測、ギッフエン艦隊は全速力でキスカ島南西海域八十海里に向かう。上空は一点の雲もない空に珍しく銀色の月が輝く。快晴の下で行なわれる海戦は米軍圧勝が確実であった。

二十三日には行きがけの駄賃として、キスカ島に三千発以上の砲弾を撃ち込んだ。

二十六日夜、キスカ島守備隊から不可思議な電信が入ってきた。

——二〇〇五より、約四十分間殷々たる砲声断続。艦船交戦のせるものと認む

とある。第五艦隊はキスカ島の南西五百海里の海域で、「阿武隈」と「国後」が衝突し右往左往しているときで、海戦どころではない。

山中の陸軍部隊も「西方の水平線で激しい艦隊間の砲戦らしき曳光と轟音を聞く」

救援艦隊の駆逐艦「響」艦長の森卓次少佐も「突入の前々日であったと思う。敵の電話をキャッチしたところ、味方打ちをしている意味の電話であったので『阿武隈』に連絡した」と述懐。森からの報告を受けた木村は「前後の状況より判断し、味方打ちを行ないたるものと推定す」と判断する。

ザ・バトル・オブ・ピップス

キスカ島南西海上で、救援艦隊を待ち伏せしていた米戦艦ミシシッピが二十六日午後七時七分、左舷艦首方向十五海里に敵艦をレーダー探知する。ほぼ同時刻、アイダホ、ウイチタ、ポートランドの各艦も同じ地点にレーダー探知。各艦では警戒配置を

発令し、興奮した乗組員が戦闘配置につく。正確な暗号解析に自信を深めているギッフェンは「来た、来た」とばかりに各艦を戦闘序列に配置し、西北に針路を変える。

戦艦ミシシッピ、ニューメキシコから十二海里、巡洋艦四隻から八海里で再度、怪しい物体を探知したところで、敵魚雷に備え、船腹を隠すように針路を変え、「総攻撃」を命じる。

レーダーが示す敵艦所在に対し、戦艦群と巡洋艦群が一斉に砲撃を開始。砲撃開始とともにレーダー観測員が敵艦隊位置の修正、見張員が魚雷が走った雷跡、敵艦隊の火焰を次々と報告する。しかし、まったく日本艦隊が応戦をする気配もなかった。

戦艦群が十四インチ（三十六センチ）砲五百十八発、巡洋艦群が八インチ（二十センチ）砲四百八十七発を撃ち込んだ。すさまじい砲撃が三十分続いた。

「撃ち方止め」

ギッフェンが下令したときにはレーダー画面から目標が消えていた。日本艦隊撃沈である。この時、米艦隊付近の天候は快晴、救援艦隊付近は濃霧で、相互の距離は五百海里以上も離れていた。

翌二十七日朝、目標地点に哨戒機を巡回捜索させたが、冷たい北太平洋の灰色の海で難破艦船も破片もクジラの残骸すら発見できなかった。

しかし、暗号解析に大いなる自信を深めていたギッフェンは「敵艦隊全滅」を確信し、キスカ島の南南東百五海里の洋上で補給船ペコスから撃ち尽くしたため弾薬と燃料の補給を受けるように命令する。

レーダーが探知したのは約百海里から百五十海里先のアムチトカ島などの島々の反響映像だった。幻の日本艦隊に猛攻撃を加えた戦闘は後に「ザ・バトル・オブ・ピップス」（幽霊との戦闘）と呼ばれる。

米軍はミッドウェー海戦以降、暗号解析に先んじ、しかも日本軍はそのことに気づいていないとみており、情報を過信するあまり、疑念を持たなくなっていた。

米艦隊がキスカ島百五海里補給地点に集合する予定時刻は二十九日午前四時。キスカ島突入予定日の朝だった。

キスカ島を取り巻いていた米艦隊包囲網がこのときだけ、モーゼの出エジプト記のように道を空け、救援艦隊に航路を明け渡した。

突入の最終判断

二十九日の突入予定日を明日に控えた二十八日。全員の関心は当日の霧の発生状況にあった。気象士官の橋本は天気図から刻々と翌日の天候を予測する。

二十八日午前一時予測は「二十九日曇り、三十日天気悪くなる見込み」。午前六時は「二十九日曇り霧断続、三十日曇り夕刻より霧発生」と予測し、いずれも「二十九日突入不可」と判断する要素はない。

キスカ島からの報告でも二十八日午前一時から午前九時までの間に空襲五回延べ二十九機と少なく、米艦隊も午前一時から三十分間だけキスカ島東方を西に進んでいるのが確認されただけで「敵情は閑散」。天候は海上静謐(せいひつ)、午前四時ごろから霧となり、視界二〜四メートルで「飛行不適」と判断された。

橋本が予測した濃霧発生とキスカ島の敵情閑散の報告をうけ、木村は二十九日突入を決意する。

二十九日午前八時二十五分、第一輸送隊を「阿武隈」と二番隊の駆逐艦、第二輸送隊を「木曽」と三番隊の駆逐艦、警戒隊の駆逐艦「島風」「五月雨」は第一輸送隊前方、駆逐艦「長波」は第二輸送隊の後方に就くように発光信号で命令した。

視界四百メートルの濃霧の中、給油艦「日本丸」から「阿武隈」「木曽」「薄雲」「響」の補給を終え、最終的な突入態勢を整えた。

正午になり、キスカ守備隊の天候予測を入電する。

――南より後、東風弱く、霧多き見込み、飛行不適

二十九日突入に迷うものは何もなくなった。しかし、突入の最終判断は将旗が掲げられた軽巡洋艦「多摩」に座乗する第五艦隊司令長官である河瀬四郎中将が下すことになっている。だが、河瀬は迷っていた。「戦史叢書北東方面海軍作戦」でも「艦隊司令部は判断に迷った」とある。

二十八日早朝、「多摩」艦橋で河瀬が沈思黙考していると、上がってきた艦長の神（かみ）重徳（しげのり）大佐が「ぐずぐずしていたら突入の時機を失します」と河瀬に突入決断を催促する。

海兵四十八期の神は「指揮官先頭の単縦陣」「戦闘は簡明を旨とす」を信条とする積極果敢の士として海軍中に鳴り響いていた。昭和十七年八月の第一次ソロモン海戦でガダルカナル島上陸直後の米豪艦隊をルンガ沖で急襲し壊滅させた際の突入部隊第八艦隊の先任参謀だった。

作戦終了後、第五艦隊参謀長の大和田昇が軍令部に報告に行った際、「長官に突入を令す気概なし」「消極戦術（撤収作戦のような）には兵術思想の統一困難なり」と発言している。

第一次作戦終了後、「水雷戦隊に胆なし」と切り捨てている大和田にとって、成功の有無よりも、突入の有無だけが大事だったとみえる。

視界不良、飛行不適

午後三時、艦隊司令部の天候予測でも「曇り、雲高二百メートル、淡霧視界四キロ、飛行やや不適」だった。

河瀬はほぼ突入することを決めた。しかしまだ不安だった。当初、突入前日の午後十時までの同行という計画だったが、引き返さずさらに同行を続ける。救援艦隊の指摘通り、前日の天候予測だけでは判断するのは不可能なことを現場に出て、初めて悟った。

午後六時の救援艦隊の予測が出た。

――二十九日南西八メートル位、曇り、層雲断霧を伴う、時々視界良好となる。

午後八時、今度こそはと待ちかねているキスカ守備隊から「突入予定時刻繰り上げの場合、繰り上げ時間に応じ、略語を設け、該当略語連送によっての旨通知を得たい」との電信を受領。三十分でも一時間でも繰り上げたい守備隊五千二百名のひしひしたる思いが救援艦隊にも伝わった。

キスカが近づいてきた。日付が変わった二十九日。午前零時の橋本の天候予測が出た。

――午前濃霧または霧雨、午後曇りとなり霧薄らぐ。

午前三時四十分、艦隊司令部の予測も変わらなかった。

――終日、霧または雨、視界不良、飛行不適。

「突入最適」に「多摩」に乗っていた大和田と艦隊気象長の石原英男中佐は抱き合って喜ぶ。午前一時十五分、河瀬は木村に信号を送った。

――霧の状況、行動に最適、天佑神助なり

――鳴神（キスカ）進入時刻を繰り上げ実施を適当と認む

午前三時、木村は速力を十八ノットに上げるように指示、午前五時、さらに二十ノットに増速。午前六時二十五分、各艦に発光信号を送った。

——一四三〇突入の予定

——各員協同一致任務の達成を期せよ

キスカ守備隊司令官の秋山から突入決定に応じるかのように電信が入る。

——昨日来、当方面は霧濃淡ありしも現在、霧深く終日霧続く見込み。各基地とも敵機出現きわめて少なく好機と認む

武運長久を祈る

「阿武隈」艦内はさすがに緊張感が漂っている。だれもが下着を取り替え、普段着の軍装から真新しい冬軍装に着替え、艦内の阿武隈神社に武運長久を祈念する。艦橋では軍刀を杖代わりに立つ木村の雨天用コートから少将の襟章がのぞいている。

午前三時、渋谷艦長が下令する。

——本日突入する。ただいまより本艦と総員の武運長久を祈って、それぞれの配置で一分間の黙禱を行なう。黙禱かかれ。

総員、頭を垂れ、キスカ島で待つ五千二百名の無事を祈りつつ、任務達成を祈念する。視界一キロ。敵機は動く様子もない。

「先任参謀、きょうは大丈夫行けるぞ。長官に具申してお別れしよう。『多摩』を切り離すのは早い方がいいぞ」

午前七時、艦隊参謀長宛に信号を送った。

——本日の天佑我にありと信ず　適宜反転ありより

後方から監視する督戦隊とも思える「長官直率」で、わだかまりのあった救援艦隊と艦隊司令部だが、この期に及んでは大事の上の小事である。河瀬長官から返信が来た。

――鳴神港に突入の任務を達成せよ成功を祈る

救出まであと四時間

ユ・ユ・ユ

昭和十八年七月二十九日、突入予定日の朝である。海軍第五十一根拠地の電信室で小野打はどんな音も聞き漏らすまいとレシーバーに耳を当てていた。

天候は深い霧。前回の突入予定の時も霧だったが、救援部隊は「突入不能」の「ミ・ミ・ミ」の連送を打電し、幌筵に帰ってしまった。だが今回は必ず来る。来なければ全員が餓死するか、アッツ島と同じように上陸する敵と決戦し、玉砕する。

「電鍵」のマークが左腕に付いた電信兵の武器は電信機だった。電信機を担いで戦線を移動し、どこからでも素早く信号を送る。菊の御紋章が付いた三八式歩兵銃が陸軍歩兵の証ならば、電信兵の証は電信機だった。アッツ島海軍電信兵からの最後は「電信機を破壊す」であった。様々なことが去来する。その時レシーバーから音がした。

「―・・―」

「ー・・ー」

「ー・・ー」

はっきりと聴こえる。日本海軍特有の音色だ。感度もいい。キスカの近くまで来ている。自信を持って受信紙に書き入れた。

「ユ・ユ・ユ・一八・七・二九・〇九〇〇」

小野打が書き込んだ受信紙を見た当直下士官が大声で告げる。

「通信士、ユ受信」

だれかが小野打の受信紙をひったくり、電信室を出て行った。ワァーと歓声が上がる。「来た来た」といい躍り上がる者。「万歳」と叫びながら室外に飛び出す者。抱き合い肩をたたき合う者。電信室は喜びの余り、騒然となる。

ユの三連送は四時間繰り上げ入港の暗号だ。入港予定時刻が午後五時だから午後一時には待ちに待った救援艦隊がキスカ湾に入港してくる。何があるかわからない。当直の小野打はレシーバーに集中する。五分後、再び「ユ・ユ・ユ」の連送を受信した。間違いない。来る。

「当直員以外撤去準備にかかり、完了次第海岸で待機」

この時のため幾度も訓練した通りに通信長が下令する。送信所やレーダー基地、ラジオビーコン発射所に電話で同様の命令が伝達された。艦隊入港までもう四時間しかない。暗号書や機密文書の仕分け、電信室の爆破準備と予め決められたように作業が進んだ。

安心して腹が減る

小野打の隣の受信機で米軍の電信を傍受していた兵長が急に緊張した面持ちで、受信紙に書き始める。米軍傍受の予備士官が飛んで来た。もしかして、一瞬、あれだけざわついていた電信室が静まり返る。予備士官が暗号解析を始めた。メモ書きを重ねる。予備士官はアムチトカ島基地からの発着通信で敵機の行き先や目的などを解読できるようになっていた。

「万歳、もう飛行機は飛ばんぞ」

メモを後ろからのぞき込んでいた兵曹が叫んだ。濃霧のため、アムチトカ島の哨戒機が飛行中止の電信を打ったことが分かった。解読に成功した予備士官に向かい、不安そうに手を止めていた全員が一斉に拍手をする。

「敵機飛行不可」の電信が暗号化され、キスカ島陸海守備隊や救援艦隊に伝えられる。もう大丈夫だ。「腹減ったわ」。安心したのか小野打は急に空腹を覚える。足下にはいつでも撤収できるように、短剣と短銃、雑嚢（ざつのう）を置いている。雑嚢には下着と日用品、乾パンだけだ。乾パンを取り出し、傍らにいるみんなに一枚ずつ渡す。短剣と短銃は乗艦するときには海中に捨てることになっている。

電信室は三十坪ほどの大きさで、空襲を避けて、モッコとツルハシの手作業で作った。手が空いている者が爆破装置の点検を始める。午前十一時になった。あと二時間。極寒の米領土キスカ防備についていた海軍第五十一根拠地から最後の打電をする時間が迫った。

――救出艦隊入港の予定、成功間違いなし。これにて電信室を爆破す。艦隊のご苦労に深謝す

アッツ島最後の電信は「電信機を爆破、これより総攻撃す」だった。

昭和十七年六月、米国領のキスカ島、アッツ島を占領。一年後、日本に近いアッツ島には米軍が上陸、玉砕した。キスカ島は全員が助かろうとしている。どこに違いがあったのだろうか。

「当直下士官、発信します」

電鍵がカタカタ鳴り始めた。一年間占領した米国領からの最後の電信だった。

同時刻、救出艦隊を誘導するラジオビーコン発射の指令が出る。

午前十一時二十分、当直下士官が処分するため、受信紙を集めた。小野打はそっと一枚をポケットに入れた。「ユ、ユ、ユ」と書いた受信紙。キスカ島から生きて還る証だった。

「準備ができた者から壕外に待機」

午前十一時三十分、最後まで残っているのは十人。救出艦隊との最後の通信手段である移動電信機を後輩の電信兵が背負い、小野打は電池を背負った。

壕を出る時、爆破タイマーが作動を始めた。もう戻ることはない。電池液の匂いが背中から漂う。壕の外に出ると一面の乳白色の世界。出てくる者が口々に「すごい霧だ」「何にも見えないぞ」。うれしそうにいう。孤立した島をさらに陰鬱にする霧がこれほどありがたかったこともない。

「みんなそろったか。それでは出発する」

雪解けのツンドラで足を取られる。海岸まで約二キロの道のり。通い慣れた道である。あちこちの兵舎から偽装工作の煙が上がっている。

海岸に到着した時には陸海の将兵が二列ずつになり、整列して座っていた。第一陣の陸軍部隊は早くも海面に浮かぶ大発に乗り込み、いつでも艦隊に乗艦できる態勢になっている。

木村が断固として要望していた一時間で乗艦作業を終わらせるのが成功の条件であることはキスカ守備隊にも浸透していた。もう艦隊の姿が見えるのではないか。五千二百名全員が固唾を呑み、霧のはるか彼方を見つめる。あと一時間。

小キスカを攻撃

通常、島の東岸にあるキスカ湾に入港するには南東から進入するが、今回は敵との遭遇確率が低い西北から島を大回りして進入する迂回ルートを取った。守備隊が発射しているラジオビーコンを頼りに島を四分の三周することになる。

先任参謀の有近は島の西南端のステファン岬を確認しようと目を凝らしていたが、霧に覆われ何も見えない。もうだめかと思っていた午前十一時六分、岬を発見した。キスカの島影である。

陸地との距離を保ちつつ救援艦隊が北上。「阿武隈」艦橋では見張員と測深員の報告だけが響いた。

「大したことないな」

あまりの緊張に有近が強がりをいった。木村はいつもと変わらぬ表情で、ただ前を向いているだけだった。

午後零時十二分、救援艦隊は島の北端を迂回、ビーコンを聞きながら、針路を南に変えた。後は真っ直ぐにキスカ湾に直行するだけだ。

午後一時七分、キスカ湾目前、警戒隊の駆逐艦「島風」が敵レーダー波を探知。これより先の午前十時五十五分にも敵レーダー波を探知、午前十一時五十分にはキスカ守備隊から「艦艇音を聴く」との報告があった。敵艦艇が近くを航行しているかもしれない。

その時、入港作業をしていた前甲板の一分隊長が突然、叫ぶ。

「敵らしきもの左艦首前方」

艦橋で全員がその方向を見ると、霧の中に黒い影が浮かんだ。味方艦隊の可能性がゼロである場合、もっとも注意すべきは「躊躇逡巡」である。

「司令官、敵艦らしいです。攻撃します」

「よし」

「阿武隈」は大きく右に回り込みながら、左舷四本の九三式酸素魚雷を発射した。

発射と同時に霧が急に晴れ、周囲が見渡せるようになった。敵艦が姿を現わす。それは小キスカの島影だった。何かを言う間もなく、轟音が響く。魚雷が島に見事に命中。ばつが悪そうな失笑のざわめきが艦内に広がる。

水雷長の石田が得意の狂歌ですぐさま一首。

――一番が敵だ敵だとわめきたて　さっと打ち出す二十万円

一番は一分隊長の通称で、魚雷が一本五万円で合わせて二十万円もかかったという。魚雷一本で東京都知事の年収に匹敵した。失敗ではあるが、明るい雰囲気だった。後に石田は「あの土壇場での敵発見の報に転瞬の遅滞もなくよく撃ち出せたと思います」と語っている。

有近が木村に頭を下げる。

「司令官、いまのは私の誤り、小キスカの山でした」

「それよりも島が見えたのが何よりもうれしい」

折しも湾内の霧がスーッと消えゆき、将兵が待機している浜辺まではっきりと見渡せ、それでも湾内上空や湾外には霧が立ち込める絶好の状況となった。

有近の肩を叩いて、木村が一言だけ言った。

「よかったな」

七月二十九日午後一時四十分。ついにキスカ湾入港を果たす。警戒隊の駆逐艦「島風」「五月雨」「長波」の三隻が湾外で警戒配備に付き、「阿武隈」以下の収容部隊八隻は打ち合わせ通り、湾内の所定位置に錨を下ろした。

姿を見せた日本の軍艦

本当に来たんだ

陸軍高射砲隊がキスカ湾で整列して救援艦隊を待っているとき、犬の鳴き声がした。軍用犬のシェパード「勝」だ。

「勝、勝」

隊員が近寄ると、逃げる。あれほどなついていたのに、何かを感じたのだろうか。勝は高射砲隊とともに日本から同乗、一緒に船酔いもし、空襲のときはだれよりも早く防空壕に駆け込んだ同志だった。

「勝、だれもこの島には残らないぞ」

数人で捕まえようとすると、すっと逃げる。あきらめようとしたときに突如、腹に響く爆発音がした。砂浜に身を伏せる。音は湾口の方角だ。救援艦隊が敵に見つかったのだろうか。爆撃の嵐を予想した。やっぱりだめだったのか。だが、再び静寂に戻った。

何が起きたかわからない。そろそろと砂浜に身を起こして見るが、何も見えない。全員が立ち上がり、外套の砂を払っていた。その時、前列の将兵がまた、ばたばたと砂浜に伏せた。黒い艦船の影が見える。

「敵艦だ」

「鉄帽かぶれ」

「そのまま動くな」

緊張した声で命令が飛ぶ。砂浜に伏せた姿勢のまま不安な時間が過ぎる。

海軍の指揮官の笛が鳴った。何の合図か分からない。

「『阿武隈』だ」

海軍将兵の声が聞こえた。艦船四隻が見えた。みんな、もう立ち上がっている。五隻、六隻、七隻、八隻。

「うおー日本の軍艦だ」

「本当にまだ残っていたのだ」

泣いていた。声が震えて声にならない。それでも列は乱れない。餓死しなくてもよかった。玉砕しなくてもよかった。無様に伸びきったひげ面を涙が濡らす。

「ほんとに助けに来てくれたんだ」

「本当だった。ありがとう。ありがとう」

日本の軍艦に乗れた

感激している間もなく、第一陣の大発が沖合の救援艦隊を目指して進む。どの艦艇も一番最初の大発には英霊と傷病兵が乗せられている。

救援艦隊からも次々大発が下ろされ、陸地に向かう。砂浜に到着すると整然と乗り込み、すぐにまた艦隊に引き返す。

大発から救援艦隊に乗艦する前、三八式歩兵銃が海にドボンドボンと次々と投げ込まれる。命にかけても手放すなと教えられた菊の御紋章が刻まれた三八式歩兵銃である。身軽になって、順々に縄ばしごを上る。疲労困憊のはずだが、喜びにあふれ、将兵が駆け上る。

カバン一つのはずが手に何かを持って、上ろうとする者がいる。

「荷物は一つだ。捨てろ」

甲板からメガホンで命令が飛ぶ。

「これは戦友の遺品、遺骨であります」

「遺品、遺骨は許す」

生きている喜びを爆発させるかのように一気に縄ばしごを駆け上る守備隊隊員。上からは「がんばれ、がんばれ」と、手を差しのべる救援艦隊隊員。

「ただ日本の軍艦に乗ることさえできれば、あとはどうなってもよいと思いました。本当にありがとうございました」

一礼して艦内に向かう守備隊隊員もいる。甲板から「阿武隈」艦橋からじっと救援作業を見ていた木村の眼には涙がにじむ。涙もろい艦長の渋谷はあたりもはばからず両頬を涙で濡らしていた。

陸軍北海守備隊司令官の峯木十一郎少将は最後の一兵まで乗り込むのを確認していた。作業を見つめながら、傍らの柳沢参謀に尋ねる。

「残っている兵はおらんだろうな。病人は全部収容したか」

「犬三匹は偽装のため残しましたが、島にはもはや一人の兵も残しておりません」

峯木のひげ面がわずかながら、ほころんだ。

「あとは海軍さんまかせだなあ」

最後の大発に乗り込んだ峯木が乗艦するのは第二輸送隊の巡洋艦「木曽」である。甲板に上がると、「もうキスカ島には戻る必要なし」と命令、幌筵に派遣した参謀の藤井一美少佐が出迎えてくれた。

「やっぱり来たのか。しかし、よかったよかった」

キスカ島に戻ると死ぬ確率が高い。有能な部下を無駄死にさせたくない。「来るな」と命令したが、藤井は必ず戻ってくると信じていた。そのため「やっぱり来たのか」という言葉が口をついた。信頼する部下が命令に背いてまで、出迎えてくれたことはやはりありがたい。

峯木の鷹揚さと温かさ、率直さは樋口や木村と同じ匂いを感じる。だから藤井は戻ってきた。

海に沈んだ五千二百名分の武器

最後の命綱である移動電信機を所持している小野打たち電信兵は将兵が残っていないかを確認した後、海軍第五十一根拠地司令官の秋山勝三少将とともに、最後の大発で乗艦することになっていた。

波打ち際で大発が近づいて来るのを待っていると、兵舎につないであったはずの海軍の軍用犬「正勇」が尾を振って駆け寄ってきた。「正勇」は野草などの毒味をするために連れて来られた寒さに強い北海道犬である。小野打の足下にすり寄ってくる。乾パンを与えても行こうとはしない。

「乗艇用意」

砂浜にめり込ませて停止させ、艇首は開くと列を崩さないように手早く乗り込む。

「全員乗艇完了」

エンジン音が高くなり、後進全速。もうキスカには五千二百名将兵は一兵も残っていない。「正勇」がこちらに向かって連れて行けと吠えたてていた。仕方がない。ただ無言で見守った。生きろよ。霧が晴れ始め、視界が開けてきた。急がなければならない。

最後の大発が「阿武隈」に近づく。先に到着している仲間が縄ばしごをよじ登っているのが見える。小野打は短剣と拳銃を海に投げ込んだ。最後は移動電信機だ。二人がかりで持ち上げて、投げ込むと、すぐに海中に沈んでいった。海底には五千二百名分の軍人の魂ともいえる銃や短剣が沈んでいる。

電信兵の魂は電信機だが、魂といえども所詮は物である。しかし、戦時中にそんなことを言える雰囲気があるはずもない。過去の日本軍で戦場から撤退する際に菊の御紋章が付いた三八式歩兵銃を放棄させた例はない。

これまで公式に「撤退」したことはなく、すべては次の戦いのため戦地を移す「転進」である。その戦いに備え、武器は必要であり、放棄することは考えられない。銃を運ぶよりも一名でも多くの兵士を救いたい。樋口季一郎や木村昌福以外の指揮官であったら、「全員武器を捨てろ」という指示をしただろうか。周囲の批判を怖れ、大胆な命令は出せなかったのではないだろうか。

命の恩人

全員が乗艦すると、大発の底の栓が抜かれ、海中に沈んだ。

秋山が先頭で縄ばしごを上る。幕僚が続く。甲板では木村や有近ら司令部が出迎えている。

襟章が付いた真新しい少将軍装の木村と、泥も付き何十日も着たままの少将軍装の秋山。同じ髭でも秋山の髭はただ伸びきっていた。海軍二千七百名の命を預かった一年間の労苦がこけた顔貌（かおかたち）ににじむ。

「司令官ありがとう。ご苦労さまでした」

「いやお互いによかったな」

短い言葉を交わし、固く握手を交わす。木村も秋山も泣いているように見えた。

「阿武隈」と守備隊の幹部が居並ぶわきでこの光景を見ていた小野打はこの光景を鮮烈に覚えている。いまでも、二人の目が潤んでいるのを記憶している。この人が命の恩人、木村昌福だった。


平成二十一年三月三十日、東京・新橋のビル九階「富士海事株式会社」。風呂敷包みを抱えた老齢の男性が社長を訪ねてきた。

「命の恩人の遺族に写真を渡したい」

男性が風呂敷包みを開けて見せた写真は雪の中で整列している海軍将校の姿だった。前列三人目に一際、ヒゲが立派な将校が写っている。「ヒゲのショーフク」と呼ばれた木村昌福である。


男性は小野打数重。昭和十八年七月、奇跡の作戦と呼ばれた「キスカ撤退作戦」で救出された五千百八十三名のうちの一人だった。

「アッツ島が玉砕した後、次はキスカだといつでも死んでやるとあきらめていました。木村さんが命がけで助けてくれなかったら、私たちの命はなかった」


ゆっくりとした小野打さんの話の一言一言に、木村昌福の次男である社長の木村氣（のぼる）は同じようにゆっくりとうなずいた。

日本領土へ

ふるさとの味、金平糖

午後二時三十五分。木村の「先任参謀、出港だ」の命令でキスカ湾出港。五千二百名を収容するのにかかった所用時間はわずか五十五分。救援艦隊と陸海キスカ守備隊の用意周到な準備と訓練の賜だった。

陸軍高射砲隊が乗艦したのは駆逐艦「薄雲」である。艦内にはできるかぎりの将兵を乗せるため、いすも机も取り外されていた。

出港から三十分。振動からかなりのスピードでキスカを離れているのがわかる。「薄雲」の海軍将兵も緊張している。

救出された将兵は戦闘帽のあごひもも、そのままにじっと身を潜めている。話し声が敵艦に聞こえるはずもないのに、声も聞こえない。キスカ島での砲撃と空襲を連日、浴びているだけに、今日だけ何もないのはおかしい。そろそろ来るのではないか。いつドカンとなっても不思議ではない。救援艦隊よりも、守備隊の方が身をもって知っていた。

一時間が経った。ようやく安堵の空気が漂う。若い水兵が一人ずつ袋を配り始める。乾パンと金平糖だ。金平糖をなめると、懐かしいふるさとの味がする。日本に帰るんだ。一粒ずつ一粒ずつ、ゆっくりとなめる。溶けるのがもったいない。長い時間をかけて、死から生への門出を一人で祝った。

「いまこの艦はどの方面に向かっていますか」

「キスカから島を北回りして北太平洋の真っ直中に向かって走っています」

「海軍さんにはずいぶんお世話になります」

「お互いさまです。長い間、ご苦労さまでした」

救援艦隊は士官以下全員丸腰。必要のない計器は陸に置いてきた。

「敵の本格的な攻撃を受けても大丈夫ですか」

「その時はお手上げです」

守備隊を救出するために、命も厭わぬ死力を尽くしての作戦だった。こんな霧なのに来ない。なぜ来ない。いつになるのか。いつ来る。恨み言をいっていた陸軍将兵は救援艦隊に頭が下がった。

今回の作戦は陸軍と海軍の呼吸が合ったことが成功の大きな要因だった。キスカ守備隊の陸軍司令官の峯木は海軍の木村は陸軍だけでも救出するといった。

ために残るといい、海軍司令官の秋山は海軍主導の「ケ号作戦」の事細かな経緯や実情を知りうる限り常に峯木に報告をする。陸海上下なく、ともに生きて帰ろう、さもなくば相手だけ助けたいという空気が一貫して流れていた。

陸軍と海軍が相互に尊重し、思いやる。同じ日本軍内で当然のことのようだが、大本営の組織の縄張り争いが戦場にまで波及、特に戦局が悪化すると、陸海が対立する場面が目立った。末端の兵士は相手のことを考える余裕も、場面もない。組織を代表する指揮官次第である。樋口がいて、木村がいて、峯木がいて、秋山がいたからこそ、奇跡のキスカ撤退作戦は成立した。

アッツ島に黙禱

キスカ守備隊将兵で立錐の余地がないほど混雑した「阿武隈」甲板。陸軍将兵が有近に尋ねる。

「アッツ島はどのあたりですか」

「アッツ島は本艦の真北。右舷正横にあたる」

甲板ではだれからともなく、北に向かい帽を脱いで、頭を垂れた。アッツ島の英霊に対する黙禱だった。見知った戦友も多かっただろう。小野打もキスカから転進した仲間を失った。

「阿武隈」乗組員はハッとした。救援艦隊はキスカ島守備隊を救出する目的で編制され、準備を始めたときはすでにアッツ島玉砕の後だった。

しかし、キスカ島とアッツ島は一日違いでともに上陸し、極寒の冬を過ごした。北太平洋の孤島でお互いに唯一の同志だった。それがちょうど二ヵ月前に「総攻撃す」の電信を最後に玉砕した。

作戦後の回想でもキスカ守備隊は成功の要因に「アッツ島英霊のご加護」を挙げた。北の方向の波間から「万歳」の声が聞こえたという者もいた。その気持ちが自然と粛然とした黙禱に表われた。「阿武隈」乗組員も同じようにアッツ島に向かい、頭を垂れる。

壮絶な戦死を遂げた山崎保代陸軍大佐以下アッツ島守備隊二千六百三十八名。二千六百三十八はただの数字であるが、それぞれに親が付けた名があり、父がおり、母がおり、兄弟姉妹がいる。息子も娘もいる。故郷で待つ家族や親族、友人がいる。二千六百三十八名がキスカ島の五千二百名の命を守ったのだ。

アッツ島へ、全艦が祈りに包まれる。

夕食は当初、乾パンと缶詰を用意していたが、せめてキスカ守備隊には温かい白い握り飯を食べさせようと、市川主計長が烹水所に降りていくと、「一年間もろくな物を食べていない守備隊隊員に乾パンを食べさせるなど『阿武隈』主計科の恥だ」と烹水所の独断ですでに炊飯の準備が進められていた。

キスカ守備隊主計科隊員が手伝いを申し出るも「お客さんに手伝わせるのは『阿武隈』の名折れ」と丁重にお断わりし、主計科総員が熱湯を通した軍手で次々と握り飯の山を作った。救出した守備隊だけで千二百名、一人二個ずつの握り飯が完成する。

市川が報告のため、艦橋に上がった。

「私も手伝いました。おかげでこんなにきれいになりました」

真っ白くなった手を広げて、木村に見せた。

「ひどいやつだ。それを俺たちに食わせるのか」

木村がいうと、艦橋は笑い声に包まれる。濃霧の中、二十八ノットの全速力でキスカ島を離れる。すべてが順調だ。

配られた握り飯を小野打はゆっくりとかみしめた。塩だけで握ったのに、なんとおいしいことか。白米の甘みと安心感がひとつになり、心身に染み入るようだ。エンジンの轟音が眠気を誘う。小野打は皆ともたれ合い、また眠った。極度の緊張から解き放たれ、いくらでも眠れる。白夜で昼と夜の差がわからない。

待ち遠しくも長かった七月二十九日がいま終わろうとしていた。

翌七月三十日も依然、濃霧。午前五時、米クルック基地の哨戒圏五百海里圏外に出たところで速力二十ノットに落とし、午前十一時、アムチトカ基地の五百海里圏を出たところで針路を西にとった。米航空基地の哨戒圏を脱する。

七月三十一日も濃霧。敵に察知されないように電信の使用を控えていたが、午後一時三十分に戦闘速報を電信する。

——全員収容帰投中、異常なし

日本領土に帰還

一年分の眠りを取り戻すかのように小野打は眠った。八月一日朝、艦内が騒がしい。次々と甲板に出て行く。上空には日の丸をつけた陸軍戦闘機「隼（はやぶさ）」三機が飛んでいる。海軍の零式水上観測機も華麗な編隊飛行で迎えてくれている。

「日本にはまだ飛行機が残っているんだ」

だれかがそう言った。キスカ島もアッツ島も飛行場建設のために占領したはずだが、結局、一機の飛行機も飛び立たなかった。敵機は毎日のように見上げたが、友軍機を見たのはいつ以来だろうか。

「陸地が見えたぞ」

小野打が身を乗り出してみると島影が見える。津軽海峡かと思っていると、だれかが「占守島だ」と叫んだ。「あっちが幌筵島だ」とまただれかが言うと、皆がうなずく。段々と島影が大きくなる。救援艦隊が幌筵海峡に入っていく。

「手空き総員上甲板」

両島の岸壁では陸軍も海軍も人垣がどこまでも続き、大きく帽を振っている。停泊している艦艇の上でも帽を振っている。

「阿武隈」甲板でも、何かを叫びながら帽を振って応える。小野打も夢中で帽を振る。また泣けてきた。髭面を涙が伝う。

「ありがとう」

「万歳」

「おーい」

だれもが訳のわからないことを叫んでいる。だれもが子どものように泣きじゃくっている。生きて帰ってきた。一兵も残さずに帰ってきた。

「阿武隈」千二百二名、「木曽」千百八十九名、「夕雲」四百七十九名、「風雲」四百七十八名、「秋雲」四百六十三名、「朝雲」四百七十六名、「薄雲」四百七十八名、「響」四百十八名。

昭和十八年七月三十一日午後三時十五分、幌筵島海峡に到着する。キスカ島から帰還した将兵は陸海合わせて五千百八十三名。

幌筵島柏原岸壁に着岸する。「お帰りなさい」「ご苦労様でした」。歓喜の声の中、部隊ごとに宿舎になるバラックまで行進する。

フカフカしたツンドラと違い、踏みしめるとそこには固い大地があった。髭面をさすり小野打は自分に言い聞かせる。本当に米国領から日本領土に帰ってきた。

史上最大の実践的上陸演習

だれもいないキスカ島

五千二百名がわずか一時間で撤退し、もぬけの殻となったキスカ島。だが、兵舎の煙突からは黒煙が上り、時折、爆破音が聞こえる。撤退作戦が行なわれた翌日の七月三十日。救援艦隊はすでに幌筵とキスカの中間地点にさしかかっている。

「敵対空砲火軽微」

「陸上灯火散見」

「機銃掃射で敵兵をたおせり」

この日、幌筵島で傍受した米哨戒機の電信はキスカ島守備隊が反撃したかのような報告を送っている。

撤収前に最大限ゆっくりと燃えるようにストーブや炊事場に石炭やツンドラの灌木を入れ、爆破装置も順々に爆発するように、時間差を置いてセットし、数日は島に人間の匂いが残るように偽装工作をしていた。

爆発音が砲火と勘違いしたのは理解できるが、「敵兵たおせり」はなぜか。戦果を過剰報告したのだろうか。キスカ島守備隊が撤退しているとは露ほども思っていないのは確かだった。

翌三十一日、哨戒していた米駆逐艦ファラガット、ハルが無人の敵陣地に向け、二百発を砲撃する。

三日後、戦艦二隻や重巡洋艦二隻、軽巡洋艦三隻、駆逐艦九隻の大艦隊が放棄された島に対し、砲弾二千三百十二発を撃ち込んだ。毎日、第十一陸軍航空隊は朝から夕方まで銃撃を行ない、八月十一日には重巡洋艦二隻、軽巡洋艦三隻、駆逐艦五隻で島の形状が変わるほどの砲弾六十トンを撃ち込んだ。

米軍は上陸前、あらゆる施設を破壊しつくし、敵の兵力を低下させる教科書通りの作戦を徹底する。

米陸軍少将コーレットはカナダ兵を含む三万四千四百二人を動員、アダック島で数日間にわたり、上陸訓練を実施した。

アッツ島奪還作戦で、思いがけない激しい抵抗に遭い、上陸兵一万千人中死者六百人、負傷者千二百人を出したことを重視、キスカ島はアッツ島の二倍の兵力で守っていることもあり、慎重にキスカ島奪還に備えた。

米軍の思い込み

キスカ島守備隊が撤退した七月二十九日を含む七月二十五日から七月三十一日までの間、濃霧のため写真偵察が実施できず、八月一日には日本軍陣地や兵舎の精巧な写真が撮影できた。写真を分析した情報士官は無線電信所や車庫、兵舎など二十六棟が破壊され、「著しい変化」「短期間の大量の破壊が行なわれた」と報告する。しかし、連日、哨戒機も飛行し、航空機による爆撃を加えているにもかかわらず、なぜ、米軍は無人と気がつかなかったのか。

キスカ島情勢に対し、いくつか疑問点が指摘されていた。

――キスカ湾内の上陸艇二十隻が一隻になっている。

――日本軍はトラックを分散する習性があるはずだが、なぜキスカ湾の浜に集まっているのか。

――キスカ電信所が二十八日以来、電波の送信が停止し、復活しない。

――毎日銃爆撃する航空機に対し、高射砲などが無反応である。

――砲台が放棄されているように見える。


だが、七月三十日の「機銃掃射で敵兵をたおせり」の報告が疑問を打ち消す。ほかにも艦船の観測員が「灯火がちらつくのを見た」、陸軍機搭乗員も「曳光弾を見た」と証言する。

米軍としては増援部隊を送る可能性はあるが、アッツ島で米兵を恐怖に陥れた「バンザイ・アタック」のあの日本軍がまさか全軍撤退するとは頭の片隅にもなかったことが、「無人であるはずがない」という思い込みにつながった。

さらに米軍には「謀略は日本軍の常套手段である」の認識が浸透しており、塹壕深くに隠れ、上陸が容易と油断させているのではないか、決戦に備え弾薬を節約しているだけかもしれない、確証が得られないまま、北太平洋方面軍司令官のトーマス・C・キンケイド中将はアッツ島以上の心構えでキスカ島奪還作戦を決断する。

屈辱的な戦い

八月十四日、アッツ島上陸作戦をはるかに上回る百隻の大艦隊がアダック島を出撃する。参加航空機は百七十八機を数えた。

キスカ島沖に到着した掃海艇群が行動海域を清掃し、戦艦や巡洋艦、駆逐艦が一斉に敵砲台に艦砲射撃を加え、七夕湾南西に停泊した輸送船群から手始めに陸兵に見せた木製人形を満載した哨戒艇が海岸に目がけ突進し、日本軍の反応を確認するとともに上陸地点が七夕湾と誤認させる陽動作戦だった。

十五日の日の出から十六日にかけ、本隊が戦車揚陸艇（LST）、歩兵揚陸艇（LCI）で島西側の中央海浜などから、三万四千四百三十名が上陸を開始した。すぐさま斥候兵（せっこうへい）が進軍し、七夕湾を占拠する。

しかし、濃霧のなかを日本軍陣地に向けて進軍、「日本軍が存在する」という思い込みから、各地で激しい同士討ちが起き、死者二十五名、負傷者三十一名を出した。海上でも夜間哨戒を行なっていた駆逐艦アブナー・リードが漂流した日本軍の機雷に

無人のキスカ島に上陸する米軍

接触し、死者行方不明者七十名、負傷者四十七名を出した。

無人の日本軍を攻めあぐねた米軍に本国から「以前、滞在した医師によると、島には千人が収容できる洞窟が二つある。そこを捜索せよ」と的外れな指令が届いた。

用心に用心を重ね米軍は進撃する。軍医が偽装した兵舎に掲げられた「ペスト患者収容所」と書かれた看板を見て、あわててワクチンを取り寄せる始末だった。

手探りで進むが、一兵の日本兵と遭遇することなく、島がもぬけの殻と気づいたのは十八日になり、日本軍主力の兵舎に到達したときだった。

戦史研究家のサミュエル・モリソンは「史上最大の最も実践的な上陸演習だっ

た」と皮肉を述べている。

さらに「太平洋アメリカ海軍作戦史」の中でも「屈辱的」と書き残した。

――兵たちは爆破薬を準備し、間抜けた陥穽（かんせい）を作り、兵舎の壁に米兵屈辱の落書きを残した。撤退部隊は爆破薬に直ちに点火し、軍需品や建造物、工場などを焼き払い、わずかな私有品を携帯して海岸に集合した。短艇は海岸から艦へ往復し、五十五分という信ずべからざる短時間に五千百八十三名を収容した。木村の収容隊が出港するや霧は奇跡的に晴れた。

この果敢にして見事な成功は三週間にわたり米軍に対し、完全に秘密を保たれた。日本軍により徹底的に愚弄された。

四名の指揮官

パーフェクトゲーム

『日本の若い者』の著者オティス・ケーリはその後も玉砕作戦が続いた日本軍の戦い方に対し、「キスカの撤退は最後の日本軍のヒューマニズム」と高く評価した。

米軍はキスカ上陸作戦の戦果として、「捕虜は雑種犬三頭」と発表する。

陸軍の軍用犬の「勝」「北」、海軍軍用犬「正勇」は激烈な艦砲射撃にも生き延び、日本軍の正式な「捕虜」として、カナダに連行された。米軍航空兵は「われわれは十万枚のチラシをキスカ島に投下した。しかし、犬では字が読めなかった」と語った。三頭のその後のことはわからない。

米艦隊包囲網から五千二百名もの将兵が忽然と姿を消したキスカ島撤退作戦を米軍は「パーフェクトゲーム」と呼び、称賛した。

米軍がキスカ島上陸を発表したことで、日本軍も八月二十三日、キスカ島撤退の公表に踏み切った。新聞各紙は戦局悪化で朗報が減っていることと、あまりにも作戦が適中したため、撤退にして異例の賞賛尽くしの紙面となった。朝日新聞でも同様だった。

——キスカ島全兵力を撤収　七月下旬、新任務に就く
——陸海軍一体の妙を発揮　成功は天佑神助
——アッツ島勇士の玉砕　敵軍の戦意を挫く
——無人島を盛んに砲撃　半ヵ月　我撤収に気づかず

同日付の社説では「北海守備部隊への感謝」と題し、キスカ島守備隊に対する感謝を述べつつ、「アッツ島の山崎部隊勇士の犠牲的精神におうところ少なしとしないのである」として、アッツ島玉砕のおかげもあって撤退も成功。最後は「戦局はいよいよ重大、本土もまた戦場となる日の来ることを覚悟すべきである」と、国民に呼びかけている。

「アッツとキスカ。ひとつは玉砕してその思烈を万古に伝え、ひとつは万難に耐えてよく任務達成に敢闘した」と、明暗を分けたアッツ島玉砕とキスカ島撤退は沈みかけている国民の戦意を昂揚させる、もってこいの物語になった。

兵法の極意

撤退作戦中も含め、木村の日記は記述が少ない。七月三十一日の幌筵帰投から二日後の八月二日の日記が作戦の感想がある最初に記述だ。

——第一次成功せざりしことかえって

——二十九日は絶好の霧日よりなりしこと

――国後の事故二十九日を支えたることとなる

――鳴神の西南端瞬間的に視認

――湾口に至りし時霧晴れ湾内通視し得て入港及び収容作業容易迅速なりしこと

――二十六日敵は味方討ちをなし二十九日は濃霧中哨戒艦艇を撤しいたるもののごとし

――以上はすべて天佑にあらずしてなんぞや

この短いメモ書きに作戦成功の要因が網羅されている。「国後」の衝突事故で当初予定の敵艦隊が待ち構えていた二十六日から二十九日に変更になり、その二十六日に敵艦隊は幻の日本艦隊に対し、激しい砲撃をし、補給のためキスカ島を離れ、二十九日当日の濃霧だったが、湾内に入ると晴れた。木村自身も度重なる幸運に天の助け「天佑」としている。

メモ書きの冒頭の「かえって」と中途半端に書き終えている。「かえって功を奏した」と書こうとしたのか。第一次作戦で「帰ればまた来られる」と中止反転したことを、第二次作戦成功の要因と他人がいうならまだしも、自分で書くのははばかられたのだろうか。

同じ日のメモに天皇陛下からいただいたお言葉の電文全文が記されている。

――陸海軍よく協力し有ゆる困難を克服して、今回の作戦を完遂しえて満足に思う

また「アリューシャン」方面に作戦せる部隊は該方面の要点を確保し、長期間にわたり諸種の困難に打ち堪えその任務を全うして全般の作戦に寄与せるは満足に思う

この旨第一線将兵に申し伝えよ

その後、論功行賞で「殊勲甲（しゅくんこう）」と最高の戦功をもらった。「大砲一発も撃たずに殊勲甲をいただいた」と恐縮する将校に木村は笑いながら、言った。

「七月二十九日から八月十七日まで莫大な戦費を敵に浪費させたばかりでなく、敵は勝手に死傷者まで出してしまったのだから、これは大いに誇ってよい戦果だ。こちらは一兵も損せず、相手の殺傷もできるだけ少なくして、しかも実質的に大きな損害を与えることは兵法の極意だ」

この「兵法の極意」に軍人としての木村理想の戦い方が凝縮されている。敵を撃滅するだけが勝利ではなく、部下の身命を護りながら、できる限り敵の命を奪わず、敵軍全体を消耗させる。セイロン沖で輸送船から下ろされたボート砲撃を「撃っちゃい

かんぞ」と止めたことも、敵を討つことよりも味方の遭難者救出に全力を挙げたことも同じだった。

海軍の友軍愛とアッツ島英霊の加護

陸軍では北方軍司令部司令官の樋口季一郎は七月二十七日から幌筵島で守備隊帰還を今か今かと待ちわびていた。

幌筵に到着した八月一日夜、さっそく陸海軍共同でキスカ守備隊の慰労会が開かれた。出席者は佐官級以上三十数名で主客は現地で指揮をとった北海守備隊司令官の峯木十一郎少将と海軍第五十一根拠地司令官の秋山勝三少将だった。

席中、木村昌福は樋口から感謝の言葉を受ける。死と生との狭間を行き来したキスカ島の一年から解放され、酒が進むにつれ、酒宴が乱れ始める。

特に穂積松年陸軍少佐が酔っていた。穂積率いる北海守備隊の穂積支隊千百四十三名は当初、アッツ島占領するも、作戦変更でキスカ島に転進し玉砕を免れる。穂積支隊の転進でがら空きになったアッツ島を再占領した山崎保代大佐率いる二千六百三十八名が戦死した。自分たちの身代わりのようで、これが我慢ならない。

「どうしてアッツ島にそのまま置いてくれなかったのですか。自分は死んで帰れなかったのが残念です。自分は死にたかったのです」と樋口が微笑みかけた。しかし酔っぱらいの繰り言が次第にからみ口調に変わる。

木村ら海軍幹部もいる酒席で樋口に恥をかかせてはならないと心配した周囲が「穂積少佐、長い間ご苦労だったな」と止めるも「死にたかった」とまた繰り返す。

「穂積少佐、もういい」と止めるも「死にたかった」とまた繰り返す。

樋口が諭すように語りかけた。

「お前は、俺がキスカ撤退をやったことに不満を感じているらしいが、アッツ、キスカだけが戦場ではない。俺はお前たちの生命を、日本領土の北端である千島防衛のために必要としたのだ。何も死を急ぐことはあるまい」

戦後、米軍ＣＩＣ（対敵諜報部隊）隊長のジム・キャッスル中佐が樋口に対し、「いかにして、かかる巧妙なる作戦が可能であったか、その秘策を聞かせてくれ」と質問し、樋口が「海軍の友軍愛」と「アッツ島将兵の英霊の加護」と答える。

「秘策など何もなし。あるとするならば、濃霧を最大限に利用したということに尽きる。それに海軍の友軍愛である。なお、神秘的の言辞を弄し得んとすれば、それはアッツ島の英霊の加護であろう。何となれば、アッツ部隊があまりに見事なる散華全滅を遂げたから、米軍はキスカ部隊も必ずやアッツ同様の作戦をとるものと考え、撤収など考慮しなかったのではあるまいか。この意味において日本軍の意図を秘せしめたるは、アッツ島将兵の英霊ともいえる」

いい役者がそろっていた

キスカ島から帰任したにもかかわらず巡洋艦「木曽」で同行した藤井一美も同様に「陸海軍の協同」と「アッツ島将兵の加護」を挙げる。

「天佑というべき霧の状態、敵艦隊の引き揚げ、木村司令官の明察、陸海軍の協同といったものがあるが、アッツ島玉砕勇士英霊の加護があったことを信じざるをえない。キスカ島の米艦隊包囲網解除は七月二十九日で二ヵ月前の五月二十九日にアッツ島守備隊は玉砕している。突入前に敵艦隊のレーダーに島の反響映像が映り、弾薬と燃料の消耗を強いたのも山崎部隊の霊魂が創り出した幻の日本艦隊だったと信じたい」

米軍はキスカ撤退作戦を「パーフェクトゲーム」と評した。

部下の身命を護りながら、できる限り敵の命を奪わず、敵軍を消耗させる木村が理想とする作戦であった。幸運も重なったが、陸海が互いを尊重する姿勢が成功を引き寄せたのではないだろうか。

「一兵残らず救助する」という信念の下、人道あふれる樋口は「三八式歩兵銃放棄」

を独断で決め、木村は「陸軍だけでも救出する」と言った。

キスカ島でも峯木が「海軍のために残る」といい、秋山は海軍主導の作戦の進捗状況を常に峯木に報告した。

同じような使命感や人柄、徳望を持つ四名の指揮官が相互に信頼した陸海協同のひたむきな精神が部下の陸海将兵に以心伝心に伝わり、作戦成功に至った。

いい芝居には必ず渋い脇役がいる。

作戦は樋口と木村二人では成り立たず、峯木、秋山が互いに協調して現地で指揮を執り、有能な参謀の有近、若き気象士官の橋本といい役者がそろっていた。さらにアッツ島で玉砕した山崎部隊、キスカ島で耐えた陸海守備隊将兵。舞台の袖でも光るいぶし銀のような役者の存在がないと完成された芝居とはいえない。

いい役者がそろっていたからこそ、大戦史上に残る「奇跡の作戦」は成立した。まさに天の配剤の妙である。

文庫版のあとがき

陸軍の樋口季一郎、海軍の木村昌福という人道の将の終戦後の戦いを記し、あとがきとしたい。

昭和二十年八月十五日、樋口は第五方面軍司令官としてその日を迎える。樋口指揮下の二十三万名が北千島、樺太、北海道を防衛の任にあたっていた。

八月十七日深夜、中立条約を一方的に破り、ソ連軍が北千島北端、占守島に攻め込んできた。すでに終戦前の八月十一日、南樺太にも侵攻していた。

占守島や南樺太には第八十八師団率いる峯木十一郎中将らキスカ島から生還した多くの陸軍将兵が駐留していた。

大本営からの指示で十八日午後四時が自衛目的の戦闘の最終日時だった。

だが、樋口は現地に打電した。

――宿敵ソ連軍、我に向かって立つ。怒髪天を衝く。断乎、反撃に転じ、上陸軍を粉砕せよ

停戦協定が締結される八月二十二日までの四日間、占守島の戦闘で日本軍約八百名が死傷したが、ソ連軍の死傷者は二千二百名を超えた。

南樺太でも民間人を避難させながら奮戦したが、民間人四千名が犠牲になった。真岡郵便電信局の電話交換手だった女性九名が服毒自殺した事件もあった。

二十三日、武装解除に応じ、樋口の戦争は終結した。だが、武装解除した日本軍将兵の多くがシベリアに抑留された。

キスカ島から救出された将兵を含め、厳寒の地で亡くなった者も数多くいる。峯木が帰国したのは十一年後の昭和三十一年だった。

戦後、樋口はこう語っている。

「千島列島と樺太は武装解除に応じたため、ソ連の不法占拠するところとなってしまった。だが、少なくとも北海道への侵略は圧し止めることができた。スターリンの野

望は頓挫させられた」

ソ連軍は八月九日、満州に侵攻し、戦闘でもない殺人や略奪、陵辱……ありとあらゆる犯罪行為を行なっていた。

「断乎、反撃せよ」の指示がなかったら、樺太などでもソ連軍の侵略が行なわれ、勢いに乗じ北海道になだれ込んできた可能性もある。

樋口指揮の終戦後の戦いが日本を救ったともいえる。

一方、木村昌福は防府海軍通信学校校長として終戦を迎え、「歴史を勉強しなさい」と故郷に復員する生徒を送り出した。「戦に負けて髭でもないだろ」と自慢の髭を剃り落とす。

職を失った部下を救う目的で、木村はそのまま防府に留まり、塩田事業に乗り出す。土地払い下げと資金集めのため、頭を下げて回った。「あんな偉い軍人さんがね」と周囲を驚かせた。

そんな頃、自宅を訪問してきた、かつての部下に話した。

「我々は何で戦争をしたのか。戦争が何であったか。国のために戦ったことでもあるが、国のためとは自分の家族のためであったと思う。親や家内、子供たちを守るためであった。君たちは銀行や海運会社、私は塩を作ることで国のために尽くしていることは戦場で戦うのと同じことである。海軍で戦ったように国のために働くことが、我々が子孫に伝える海軍魂（ネイビースピリット）だと思う」

昭和三十五年、胃がんで亡くなる直前、書道を教えていた子供たちに随想を書いた。

——人は上に立ってものをするとき、部下の者に仕事の一部を任した場合、どちらでもよい事はその人の考え通りにやらせておくべし。そのかわり、ここはこうしなければ悪くなるとか、ここで自分が取らなければ、その人に責任がかかるという時には猶予なく自分で取ること。人の長たる者心すべき大事なことなり。

生涯、木村はこの姿勢を貫いた。

単行本　平成二十九年六月「アッツ島とキスカ島の戦い」改題　海竜社刊

NF文庫

人道の将、樋口季一郎と木村昌福

二〇二三年七月二十二日　第一刷発行

著　者　将口泰浩
発行者　皆川豪志
発行所　株式会社　潮書房光人新社
〒100-8077　東京都千代田区大手町一-七-二
電話／〇三-六二八一-九八九一㈹
印刷・製本　凸版印刷株式会社
定価はカバーに表示してあります
乱丁・落丁のものはお取りかえ
致します。本文は中性紙を使用

ISBN978-4-7698-3270-6　C0195
http://www.kojinsha.co.jp

NF文庫

刊行のことば

第二次世界大戦の戦火が熄(や)んで五〇年――その間、小社は夥しい数の戦争の記録を渉猟し、発掘し、常に公正なる立場を貫いて書誌とし、大方の絶讃を博して今日に及ぶが、その源は、散華された世代への熱き思い入れであり、同時に、その記録を誌して平和の礎とし、後世に伝えんとするにある。

小社の出版物は、戦記、伝記、文学、エッセイ、写真集、その他、すでに一、〇〇〇点を越え、加えて戦後五〇年になんなんとするを契機として、「光人社NF（ノンフィクション）文庫」を創刊して、読者諸賢の熱烈要望におこたえする次第である。人生のバイブルとして、心弱きときの活性の糧(かて)として、散華の世代からの感動の肉声に、あなたもぜひ、耳を傾けて下さい。

＊潮書房光人新社が贈る勇気と感動を伝える人生のバイブル＊

NF文庫

写真 太平洋戦争 全10巻 〈全巻完結〉
「丸」編集部編
日米の戦闘を綴る激動の写真昭和史——雑誌「丸」が四十数年にわたって収集した極秘フィルムで構築した太平洋戦争の全記録。

ドイツのジェット／ロケット機
野原 茂
大空を切り裂いて飛翔する最先端航空技術の結晶——その揺籃の時代から、試作・計画機にいたるまで、全てを網羅する決定版。

人道の将、樋口季一郎と木村昌福
将口泰浩
玉砕のアッツ島と撤退のキスカ島。なにが両島の運命を分けたのか。人道を貫いた陸海軍二人の指揮官を軸に、その実態を描く。

最後の関東軍
佐藤和正
満州領内に怒濤のごとく進入したソ連機甲部隊の猛攻にも屈せず一八日間に及ぶ死闘を重ね守りぬいた、精鋭国境守備隊の戦い。

終戦時宰相 鈴木貫太郎 昭和天皇に信頼された海の武人の生涯
小松茂朗
太平洋戦争の末期、推されて首相となり、戦争の終結に尽瘁し日本の平和と繁栄の礎を作った至誠一途、気骨の男の足跡を描く。

艦船の世界史 歴史の流れに航跡を残した古今東西の60隻
大内建二
船の存在が知られるようになってからの約四五〇〇年、様々な船の発達の様子、そこに隠された様々な人の動きや出来事を綴る。

＊潮書房光人新社が贈る勇気と感動を伝える人生のバイブル＊

NF文庫

大空のサムライ　正・続
坂井三郎
出撃すること二百余回——みごと己れ自身に勝ち抜いた日本のエース・坂井が描き上げた零戦と空戦に青春を賭けた強者の記録。

紫電改の六機　若き撃墜王と列機の生涯
碇　義朗
本土防空の尖兵となって散った若者たちを描いたベストセラー。新鋭機を駆って戦い抜いた三四三空の六人の空の男たちの物語。

連合艦隊の栄光　太平洋海戦史
伊藤正徳
第一級ジャーナリストが晩年八年間の歳月を費やし、残り火の全てを燃焼させて執筆した白眉の〝伊藤戦史〟の掉尾を飾る感動作。

英霊の絶叫　玉砕島アンガウル戦記
舩坂　弘
全員決死隊となり、玉砕の覚悟をもって本島を死守せよ——周囲わずか四キロの島に展開された壮絶なる戦い。序・三島由紀夫。

『雪風ハ沈マズ』　強運駆逐艦　栄光の生涯
豊田　穣
直木賞作家が描く迫真の海戦記！　艦長と乗員が織りなす絶対の信頼と苦難に耐え抜いて勝ち続けた不沈艦の奇蹟の戦いを綴る。

沖縄　日米最後の戦闘
米国陸軍省編
外間正四郎訳
悲劇の戦場、90日間の戦いのすべて——米国陸軍省が内外の資料を網羅して築きあげた沖縄戦史の決定版。図版・写真多数収載。